記憶喪失の侯爵様に溺愛されています 6

これは偽りの幸福ですか？

春志乃

ビーズログ文庫

イラスト／一花夜

Contents

人物紹介
リリアーナ
元エイトン伯爵令嬢。
訳あって引きこもり
だったのだが、
ウィリアムと政略結婚し……？
ウィリアム
スプリングフィールド侯爵。
王家直属のヴェリテ騎士団の
第一師団・師団長で、王国の英雄。
リリアーナを溺愛中。

セドリック

リリアーナの
異母弟。
エイトン伯爵家の
跡取り。

フレデリック

ウィリアムの
乳兄弟であり、
専属執事。エルサの夫。

エルサ

リリアーナの専属侍女。
幼馴染のフレデリックと
夫婦である。

マリオ

元騎士。
デザイナーの時は
マリエッタと
名乗っている。

アルフォンス・クレアシオン

クレアシオン王国の王太子で、
ヴェリテ騎士団の
第一師団・副師団長。
ウィリアムの親友。

アルマス

弟を探しながら、
各国を旅する医者。
ウィリアムの旧友。

序章　冬の贈り物

クレアシオン王国の冬は、冷たい白に彩られます。

二週間ほど前、私たちの暮らす王都に最初の雪が降り、ぐんと寒さが厳しくなりました。二日に一度は雪が降るので、王都は真っ白です。

私――リリアーナは、現在、夫のウィリアム様と数日後に予定している孤児院訪問の仕度をしています。

「暖かそうなセーターだ」

「ふふっ、気に入ってくれるでしょうか。できる限り、色や模様は子どもたちの要望に応えてみたのですが」

エルサが用意してくれた大きな箱の中には、孤児院の子どもたちへの贈り物であるセーターやマフラーが詰められています。

初秋に孤児院に行った際に、セーターの色や模様のリクエストを聞いて、我が家のメイドさんたちと共に手分けをして編んだものです。冬は雪が降るためお庭が使えずバザーがないので、子どもたちへのプレゼントに力を入れているのです。

　私たちの目の前には二つの大きな箱があります。セーターとマフラー用の箱と、それ以外の本や文房具などの贈り物を入れる箱です。

「嫁いで来てから、毎年編んで、早いもので三回目ですが……みんな成長が早くて」

「子どもは、あっという間に大きくなるからなぁ。セディも大きくなった」

　ウィリアム様がしみじみと言いました。

　確かに侯爵家に来たばかりの頃、弟のセドリックは平均よりも小さくて、細い子どもでした。ですが、侯爵家で栄養たっぷりの美味しいご飯をお腹いっぱい食べて、たくさん遊んで、たくさん学んで、のびのびと過ごす内に、随分と大きくなりました。

「だが、最近は本当に冷えるな。リリアーナ、体調は変わりないかい？」

「ええ。皆さん、とても心を尽くしてくれていますので」

　心配そうに眉を下げたウィリアム様に、私は笑顔を返します。

　冬というのは、それでなくとも風邪を引きやすい季節ですので、私が最も寝込むことの多い季節でもあります。

　ですが、侍女のエルサとアリアナをはじめ、侯爵家の皆さんがとても気にかけて下さるので、元気に過ごせています。

「過保護なくらいが、頑張りすぎて無茶をする君には丁度いいんだよ」

　ウィリアム様の大きな手が、私の頬を優しく包み込みます。その手へすり寄るように甘えると、こめかみにちゅっとキスが落とされました。くすぐったくて、幸せです。

なんだか「んぐぅ」という声が頭上から聞こえた気もしますが、ウィリアム様は、ごほんと咳ばらいをして口を開きます。

「新婚旅行から帰った時もすさまじかったじゃないか」

ウィリアム様の言葉に私は、その時のことを思い出して、苦笑いを浮かべます。

今年の夏、私はウィリアム様と弟たちと共に港町ソレイユへ、遅ればせながら新婚旅行に行きました。

その際、この左手の薬指にはめている婚約指輪と結婚指輪を盗まれてしまったのです。

色々あって指輪のサイズがぶかぶかで、指から抜きやすかったのが原因です。

ですが、ウィリアム様が尽力して下さったおかげで、指輪は私のもとに無事に帰ってきました。今は職人さんが直してくれてサイズがぴったりなので、そう簡単には抜けません。

ただ、旅行を終えると私の指輪が盗まれた事件は王都中に知れ渡っていました。お義母様とお義父様をはじめ、祖父母や義妹で親友のクリスティーナ、こちらに残っていた使用人の皆さんと方々から心配されてしまいました。

中でもお義母様は「英雄ともてはやされる騎士である貴方が近くにいたというのになんたる体たらく！」とすさまじくお怒りで、お義母様の部屋に呼び出されたウィリアム様は、三時間ほど帰って来ませんでした。

「母上がいたら、雪が降ったと同時に君は一歩だって外には出してもらえなかったかもしれないぞ」

ウィリアム様が、くすくすと笑いながら言いました。

「それは……確かにそうかもしれません」

エルサに次いで、私に過保護なのが義理の母であるシャーロットお義母様なのです。

ですが、そのお義母様とお義父様は、現在、王都にはおりません。

お義父様は度々、領地にお戻りになることはあったのですが、今回はお義母様も一緒に秋の終わり頃、領地に戻られました。

冬は、雪のせいで何かが起こっても連絡が滞ることがあるそうです。ですから、領主やその代わりの人物が現地にいるほうが、有事の際にすぐに対処ができるため、領民も安心して暮らせます。

「春には帰って来て下さるそうですが、お義母様がいないと寂しいです」

「君たちは、私がヤキモチを妬くくらい、仲良しだからなぁ」

ウィリアム様がちょっぴり拗ねたように唇を尖らせます。うっかり胸が、きゅんとしてしまう可愛さで、私は思わずウィリアム様の頬に手を伸ばして、頑張って背伸びをしてキスを贈りました。

「わ、私の一番は、ウィリアム様ですよ？」

　ぱあっと顔を輝かせたウィリアム様にぎゅうっと抱き締められます。

「わたしのつまが、きょうもせかいいち、かわいい……っ！」

　ウィリアム様が何かをもごもご言っているのが、上から聞こえます。

　私は、思い切ってウィリアム様にぎゅうと抱き着きました。コロンの爽やかな香りに混じったウィリアム様の匂いを胸いっぱいに吸い込むと、安心と幸せで心もいっぱいです。

「大変、仲睦まじく微笑ましいのですが……旦那様、休日というものは有限です。さっさと仕度を済ませませんと、坊ちゃまとセドリック様のお勉強の時間が終わってしまいます」

　どこからともなく現れたフレデリックさんに私は慌ててウィリアム様から離れます。フレデリックさんは「時間は有限です」と念を押すと忙しなく部屋を出て行きました。

「そ、そうです。ウィリアム様、あの子たちもウィリアム様と過ごすのを楽しみにしているのです。早く仕度を終えませんと……」

「む、そうだな。私もセディたちと遊ぶのを楽しみにしていたんだ」

　ウィリアム様は嬉しそうに言って、フレデリックさんが運んで来る贈り物を丁寧に箱に詰めます。私もセーターを一つ一つ、ほつれがないか、糸くずがついていないか、丁寧に確認しながら箱に入れていきます。

最後に子どもたちそれぞれへのお手紙のお返事を入れて終わりです。

「そうでした……ウィリアム様、お願いがあるのですが」

箱に蓋を閉めたウィリアム様が首を傾げます。

「子どもたちから、リスのケーキ屋さんというお店のお菓子が食べてみたいとお願いがあったんです。何でも最近、とても人気だそうで……でも日持ちしないお菓子みたいで、できれば前日に買いに行きたいのですが」

「ふむ」

ウィリアム様が一つ頷いて、顎を撫でながら天井を見上げました。

この時のウィリアム様は、頭の中で自分自身や私の護衛に関係する方々の予定の確認をしているので、静かに待ちます。

「うん、大丈夫だろう。君の護衛騎士であるジュリアにも話をしておくよ」

「ありがとうございます、ウィリアム様。子どもたちもきっと喜びます」

「いや、私も最近は忙しくてろくに顔を出せていないからな、少しでもご機嫌取りをしたいだけだよ」

ウィリアム様が苦笑交じりに頭を掻きます。

私はウィリアム様の片方の手を取り、首を横に振ります。

「あの子たちは、とても優しい良い子ですもの。ウィリアム様が来られないのは、自分たちの平和な生活を守って下さっているからだと、きちんと承知しております。もちろん、大好きなウィリアム様に会えないことは、寂しがっていますけれど」

ふふっと笑って顔を上げると、ウィリアム様の青い瞳（ひとみ）が私を映して、柔（やわ）らかに細められていました。

「ありがとう、リリアーナ」

なんだか照れくさくて、いいえ、と返して目を伏（ふ）せます。二人して、もじもじしているとウィリアム様が、ごほん、と咳ばらいを一つして、窓の外へ顔を向けました。

「それにしても、よく降るなぁ」

私もウィリアム様の視線を追いかけるように窓の外へ顔を向けました。

今日も朝起きた時には、既（すで）に雪が降り出していました。お庭は真っ白で、庭師の皆さんが毎日、雪かきに追われています。

ふと、ウィリアム様がなんだか複雑そうな眼差（まなざ）しで雪を見つめているのに気付いて首を傾げます。

「ウィリアム様？　どうかなさいましたか？」

「ん？　ああ……本当によく降るなと思ってな。好きじゃないんだ、雪は、あまり」

そう言ってウィリアム様は苦い笑みを浮かべました。

「伝令が雪で立ち往生すれば連絡は滞るし、何か起きた時に対処も遅れるし、何より寒い。

警邏に出るのも一苦労だ。仕事柄、あまり雪には良い思い出がないんだよ」

「そう、ですね。雪の中は歩くのも大変ですし、吹雪の日は前が見えませんもの」

時折訪れる吹雪の日は、窓の外は真っ白で庭の木々の影さえ見えません。

「でも……君とこうして見る雪は格別だけどね。寒いから君を抱き締める口実にもなる」

「まあ、ウィリアム様ったら……っ」

真っ直ぐすぎる言葉と甘い眼差しに私は頬が熱くなってしまいます。

ウィリアム様が近づいて来て、私の腰を抱くと額にキスをしてくれました。眉尻、瞼、目じりとだんだん降りて来る唇にぎゅっと目をつぶって耐えていると、「失礼します」とフレデリックさんの声がしました。

私は再び慌ててウィリアム様から離れます。

振り返るとフレデリックさんが「坊ちゃまたちの勉強の時間が終わりました」と淡々としたいつもの調子で教えてくれました。

「そ、そうか。で、ではヒューゴたちのところに行こうか」

差し出された腕に私は、迷いなく自分の手を添えました。

するとウィリアム様が私の肩からずり落ちたショールを直してくれます。

「ありがとうございます、ウィリアム様」

微笑んだ私にウィリアム様は、とびきり優しい笑顔を返して下さったのでした。

「すごい雪ですねぇ」

甘いケーキの香りに包まれたお店を出ると、昨夜から降り出した雪は弱まることもなく絶えず降り続けています。

歩道は集められた雪によって、白い壁がところどころにできています。

「奥様、足元にご注意を」

そう言って、エスコートして下さるのは、私の護衛騎士を務めて下さるジュリア様です。

先日、正式に近衛騎士から私専属の護衛騎士となったジュリア様ですが、普通の令嬢に比べて出かけることが少ない私ですので、普段はウィリアム様の下で別のお仕事や鍛錬をしているそうです。

「ありがとうございます、ジュリア様」

ジュリア様の手を取り、馬車へと歩きます。買ったお菓子は、エルサとアリアナが持ってくれています。

「でも、無事に人数分、買えて良かったです。子どもたち、喜んでくれるかしら」

「絶対に嬉しいですよ！　だって今現在、私は嬉しいです！」

そう言って、アリアナは顔中を綻ばせています。

子どもたちへ買ったお菓子は焼きプリンタルトだったのですが、今日のおやつにとお店自慢のケーキを私たちと弟たちの数だけ買ったのです。

食べることが好きで、特にお菓子が大好きなアリアナは、どのケーキにしようかとても長い時間、ショーケースの前で悩んでいました。

「ふふっ、喜んでもらえて嬉し……です？」

何か、女の人の甲高い声が聞こえた気がして、言葉と共に足が止まります。

きょろきょろと辺りを見回すと、馬車の行き交う大通りの向こう側、少し離れたところに見覚えのある後ろ姿がありました。

「……ウィリアム、様？」

そこにいたのは、確かにウィリアム様でした。

警邏の途中だったのか、足元に帽子が落ちていて、ウィリアム様は片手でこめかみ辺りを押さえていました。

そのウィリアム様の前で、年配の女性がフレデリックさんに羽交い締めにされて、何事かを叫んでいます。興奮しているからか、何を言っているのか不明瞭で聞き取れません。

しかし、その女性の表情には鬼気迫るものがありました。随分とやつれていて、雪も降っているというのに、気温にそぐわない薄着です。

不意に女性の「かえして」というような言葉だけが聞こえたような気がしました。

「奥様、失礼いたします」

「え、きゃっ」

私は、あっという間にジュリア様に抱えられて、馬車へと連れて行かれました。そっと座席の上に下ろされます。エルサたちが、すぐに私の向かいの席に乗り込みました。

「何事かは分かりませんが、警邏中に酔っ払いに絡まれることはよくあります……人が増えると厄介ですから、出発しましょう。御者殿、すぐに出発の用意を」

ジュリア様は、「エルサ、アリアナ、頼みます」と告げて、馬車のドアを閉めました。

私はせめてとすぐに馬車の窓の外へと顔を向けました。

もう既に騎士様が増えていました。

ジュリア様は、馬車に並走する形で自分の馬に乗って来たのです。

エルサが隣にやって来て、私の背を撫でて「大丈夫ですよ」と声を掛けてくれました。

馬車がゆっくりと動き出して、だんだんと速度を上げていきます。

最も馬車が現場に近づいた時、ウィリアム様の頬に赤い血が滴っているのが見えて、息を呑みます。

しんしんと降る真っ白な雪の向こうで、その赤はやけに鮮烈な色をしていました。

フレデリックさんが女性を押さえていますが、彼女は暴れ続けていて、騎士様たちが腰の剣に油断なく手をかけているのがかろうじて見えました。

だんだんと遠のいて行くウィリアム様の姿を窓に縋りつくようにして見つめていると、白衣らしきものを着た誰かがそこに近寄って行きました。背格好からして、若い男性でしようか。

あっという間に彼らの姿が見えなくなって、窓から離れると心配を煽るように不安と恐怖が溢れてきました。胸の前で握り締めた手が、震え出します。

「どうしましょう、エルサ……ウィリアム様が……血がたくさん出て……っ」

隣に座るエルサを見上げます。

「大丈夫です。旦那様は、倒れていませんでしたでしょう？　それにこめかみ周辺は、切れると大げさなほどに血が出やすい場所なのです。ですから、大丈夫ですよ、奥様」

エルサの両手が私の頬を包み込みます。

「奥様、旦那様は体だけは丈夫な方です。だから、絶対に大丈夫ですよ。帰って来たら、温かい紅茶かココアでも淹れて差し上げて下さいませ」

ね、と優しく微笑むエルサに、口を開くと泣いてしまいそうで、私は黙ったまま頷いて返したのでした。

第一章　偶然の再会

「お兄様、遅いねぇ」

サロンから窓の外を見て、ヒューゴ様がつまらなそうに呟きました。

「でも、雪がやんだから義兄様も帰って来やすいよ」

ヒューゴ様の隣で同じく外を見ていたセドリックが言いました。ヒューゴ様が「そうだね」と頷いています。

窓の向こうでは雪がやんで、今は月の明かりが銀世界を照らしています。夜だというのに、雪に反射して、外はとても明るいです。

私は、編み物をする手を止めて、大きな柱時計に目を向けます。もうそろそろ就寝の時間で、弟たちも私も既に寝る仕度はばっちりです。

セドリックたちには、昼間に見かけた騒動について何も話していません。

私たちのところにも「ウィリアム様がちょっと怪我をした。相手は平民の女性でした」としか情報が来ず、下手に話して不安にさせるのは可哀想だと思ったのです。

ジュリア様は「酔っ払いに絡まれることはよくある」とおっしゃっていましたが、あの女性の鬼気迫る眼差しはお酒の気配などなく、ウィリアム様ただ一人に向けられていたようにも私には見えました。

「姉様。義兄様、本当に帰って来るのかな？」

セドリックが私を振り返ります。

「……もしかしたら予定が変わってしまったのかもしれませんね」

私は苦笑を零しながら、編みかけのマフラーを傍らに置きます。

夕方に、今日は家に帰ると連絡はありましたが、何時とは伝えられていません。

もしかしたら、昼間の件でごたごたしているとか、何か他にも事件が発生して帰れなくなってしまったのかもしれません。

「明日の孤児院、お兄様は行けるのかな？」

ヒューゴ様が心配そうに眉を下げます。

私は立ち上がり、二人のもとへ行きます。

「ウィリアム様も孤児院の子どもたちに会えるのを、とても楽しみにしているのです。だから、きっと……ああ、ほら見て下さい」

青白い月の光の中、門から広い庭を通って、エントランスへと向かって来た一台の馬車の隣には並走する形でもう一頭、馬がいます。

「うちの馬車だ！　フレデリックが横を走ってるから、お兄様は中に乗ってるのかな？」

「ヒューゴ、義兄様が帰って来たか確かめに行こう！」

弟たちは、嬉しそうに顔を綻ばせると我先にと駆け出します。

その一方で私は、いつも愛馬でお出かけになり、馬車はめったに使わないウィリアム様ですので、怪我が酷いのかと心配になってきました。

「おそらく、フレデリックが無理やり馬車に押し込んだのですよ。さあ、参りましょう」

私の心を見透かしたようにエルサが優しい言葉と共に、ショールを私の肩にかけてくれました。お礼を言って、弟たちの後を追いかけます。

階段を下りると、外の空気が入り込んでひんやりとしたエントランスにウィリアム様の姿がありました。傷があるはずのこめかみにガーゼや包帯は見当たりません。

「おかえりなさいませ、ウィリアム様」

「……ああ」

目が合ったのは一瞬で、すぐに逸らされてしまいました。

いつも私を見つけると嬉しそうに細められていたので、「お外は寒かったでしょうから、ココアでも」と続けようとした言葉が驚きで引っ込んでしまいました。

子どもたちが、目をぱちくりさせてウィリアム様を見上げています。

「ヒューゴ、セディ、もう寝る時間だろう？　早く寝なさい。リリアーナも風邪を引く前に部屋に下がるように。私はまだ仕事が残っていてね、すまないが今夜は書斎にこもる」

ウィリアム様は一息に告げるとコートも脱がず、帽子も被ったまま階段のほうへ歩き出し、あっという間に行ってしまいました。

「……セディ、お兄様が、お義姉様に『ただいまのキス』をしないだなんて異常事態だ」

「う、うん。義兄様、熱でもあるのかな……？」

ヒューゴ様は唖然と、セドリックは呆然と兄が去って行ったほうを見つめています。

私も突然のことに驚きながらも、なんとか口を開きます。

「……お疲れなのかもしれません。私が様子を見てきますから、二人はもう寝なさい」

二人の頭を順番に撫でて、微笑みかけます。

「お義姉様、ちょっとだけ、ちょーっとだけ、セディと本の話をしていい？　本当はお兄様とセディとする予定だったんだけど」

セドリックが「この間の本？」と首を傾げると、ヒューゴ様が「うん」と頷きます。

「姉様、僕からもちょっとだけ」

セドリックにまでねだられては、私に勝ち目はありません。

「ふふっ、少しだけですよ。明日はお出かけなのですから、夜更かしはいけません」

「はーい、ありがとう、姉様！」

「おやすみなさい、お義姉様！」

弟たちは嬉しそうに階段を駆け上がってきます。

その背を見送って、私もたった今、降りてきたばかりの階段を上ります。

「ウィリアム様、どうしてしまったのかしら……」

誰にも聞こえないように呟いて、彼の書斎へ向かいました。

書斎の前に立ち、深呼吸を一つしてからドアをノックします。

「……はい」

ウィリアム様の声が聞こえて、ほっと息を漏らします。しかし、開けようとすると鍵がかかっていました。書斎に鍵がかかっているなんて、初めてのことでした。

「ウィリアム様、開けて下さいませ、どうかお顔を見せて下さい」

ドアに手を当て、懇願するように言葉を紡ぎます。

ですが、ドアの向こうから返事はありません。

あの時、私がウィリアム様に気付いたように、ウィリアム様も私たちの存在には気付いていたはずです。私の外出の予定は時間も含めて、あらかじめウィリアム様に伝えられています。ですのでそれに合わせて警邏がてら出てきた可能性だってあります。以前にも、出かけた際にそうやって会いに来てくれたことが何度かあるのです。

ドアに耳を当ててみますが、部屋の中はウィリアム様が本当にいるのかも分からないくらいに、しんと静まり返っていました。

「ウィリアム様……怪我を、なさったのでしょう？」

微かにぎしりと革の軋む音が聞こえました。ソファに座っているのでしょうか。

「お怪我や不調は隠さないって、前にお約束したはずです。……もう準備だって万端なのですよ」

ちらりと後ろを見れば、いつの間にか私の優秀な侍女たちは、それぞれ救急箱と水の入った洗面器を持っています。

「…………怪我は、していない」

かろうじて返ってきた返事は、大層下手っぴな嘘でした。

そもそも、フレデリックさんが仕事の合間を縫って、私に直接「少し怪我をした」と伝えに来てくれたのですから、ウィリアム様がそれを承知していないはずがありません。

「ウィリアム様」

少々、厳しい声を頑張って出します。

ドアから離れて腰に手を当て、どうしたら出て来てくれるか頭を悩ませます。そもそも私は怒るという行為が得意ではないので、これがなかなか難しいのです。

「えーっと……出て来て下さらないなら、行ってらっしゃいのキスをしませんよ！」

ぎしぎしっとソファの軋む音は聞こえましたが、返事はありませんでした。

普段ならお怪我をしたことを渋々ながら教えて下さるのに、今日は随分と頑なです。

なんだか今日のウィリアム様は、いつもと何かが違います。でもそれが何か分からなくて、困ってしまいます。

「……君には、関係のない話なんだ。だから、大丈夫だ」

思わぬ返事に私は言葉を詰まらせてしまいました。

関係ないと言われてしまったら、どうしたら良いのでしょう。

「で、では、私はもう寝てしまいますよ。それも自分のお部屋で」

強がったつもりの言葉でしたが、想像していたより弱々しい響きになってしまいました。

ですが、ウィリアム様は何も返してはくれませんでした。

まるで目の前でカーテンをシャッと閉められて、大事なものを隠されてしまったような気分です。

「……奥様、これ以上はお体が冷えます」

エルサが心配そうに声を掛けてくれました。

「……今夜は、私は自分の寝室で寝ます。準備をお願いできますか」

私の言葉に、顔に浮かべた憂色を濃くしながらも頷いてくれました。

夫婦の寝室は広すぎて、ウィリアム様のいない夜を過ごすには寂しすぎるのです。ですから、ウィリアム様がお仕事などで不在の時は、いつも私は自分の寝室で眠っています。

私は、ウィリアム様が書斎から飛び出して、追いかけて来てくれるのではないかと何度も振り返りながら、自分の部屋へと歩き出しました。

もしかしたら、私が寝ている間に来てくれるかもしれない、と微かな期待を抱いて眠りに就きましたが、翌朝、隣にはなんの温もりの形跡もありませんでしたし、夫婦の寝室のベッドもシーツには皺一つありませんでした。

「……あの時みたい」

まるで、結婚式を挙げた日の初夜の翌朝のようでした。

あの時、明け方に少しばかり寝て目が覚めた時、私はひとりぼっちでした。

ここは主寝室ではなく私の寝室ですが、同じようにひとりぼっちなのに、心にずしりと居座る寂しさはあの時と比べられないくらいに大きく、重くなっていました。

私を抱き締めてくれる腕の強さも、温もりも、間近に感じる吐息や鼓動も、全てを知ってしまったからかもしれません。

「朝食の席で……謝らないと」

様子がおかしいことは分かっていたのに、私はきつい言葉を投げてしまいました。もっと優しく寄り添うべきだったのに、と後悔に胸が痛みます。

ですがウィリアム様は、朝食の席にさえ現れなかったのでした。

私は、エルサとアリアナの手によってコートを着せられ、マフラーを巻かれ、可愛らしいファーの帽子を被せられます。

これから私は、予定通り弟たちと共に孤児院へ慰問に行くのです。

「……ウィリアム様は、今日は行かないのでしょうか」

朝食後に一度、書斎を訪ねましたが、やはり返事はありませんでした。私はしょんぼりと肩を落とします。

「昨夜の私は、大人げなかったです。……お疲れのウィリアム様にあんなことを言うなんて……もっと他に何か良い言葉があったはずですのに、あんな喧嘩腰になってしまって」

「奥様……」

二人の侍女が心配そうに私を見つめ、掛ける言葉に迷っています。

「ごめんなさい、こんなことを……そろそろ行きましょうか。孤児院の子どもたちが、首を長くして待っているはずですもの」

「そ、そうですよ！　私も子どもたちに会えるのが楽しみです！」

アリアナが、にこっと笑ってくれました。エルサは、少しの間を置いて「では、行きましょうか」と仕上げとばかりに私の手に手袋をはめました。

「ヒューゴ様は目が覚めたでしょうか」

朝食の席で寝ぼけていた義弟の心配をしながら、私は入り口へと歩き出します。

エルサがドアに手をかけたところで、コンコンとノックの音がしました。

弟たちが待ちきれずに迎えに来てくれたのかしら、と首を傾げます。エルサが「どうぞ」と返すとドアが開きました。

そこに立っていたのはセドリックではなく、ウィリアム様でした。

「ウ、ウィリアム様……」

「その……おはよう」

気まずそうにウィリアム様が口を開きました。

「おはよう、ございます……」

このまま言葉を続けられれば良かったのですが、何を言えば良いのか分からなくなって、折角始まるはずだった会話は止まってしまいました。視線が勝手に下がって、お腹のあたりで組んだ手袋をはめた手を無意味に見つめます。

何か言わなければ、と思うのですが、昨日のように「関係ない」と言われるのが少し怖くて、なかなか適当な言葉が見当たりません。

ゴホン、とフレデリックさんが咳ばらいをしました。ウィリアム様が微かに身じろいだのがなんとなく分かります。このままではいけない、と私は顔を上げました。

「その！　ゆ、昨夜は」

ですが、口火を切ったのはウィリアム様が先でした。

「すまなかった。君に酷いことを言ってしまった……君は私を心配してくれたのに」

「わ、私のほうこそ、お疲れのウィリアム様にあんな思いやりのない言葉を掛けてしまって……申し訳ありませんでした」

頭を下げると、ウィリアム様が「リリアーナ」と慌てた声で私を呼びました。

「あの、今日はお疲れなのでしょう？　孤児院へは、私たちだけで行って参ります」

「いや、大丈夫だ」

ウィリアム様と目が合いそうで、目が合いません。

いつも私を映してくれる青い瞳は、うろうろと視線をさ迷わせたままです。

「大丈夫って……昨日、お怪我をしたのでしょう？　フレデリックさんから聞いています」

私は傷があるはずの左のこめかみに手を伸ばしますが、ウィリアム様は一歩下がって逃げてしまいました。

まさか避けられるとは思っていなくて、私は行き場を失った手を持て余します。

「本当に、大丈夫、なんだ。大した怪我じゃない」

私の顔も見ないまま、ウィリアム様が言いました。

昨夜の「関係ない」よりずっと優しい言葉のはずなのに「大丈夫」と言われる度に、二人の間に引かれたままのカーテンが微かに揺れます。

結婚当初、私たちの間にあったのは、目に見えない高くて厚い壁でした。それは確かに私を拒絶していて、私もその壁を前にして、登ることも、壊すことも、入り口を探すことも何もかも諦めていました。

ですが、今は愛情も信頼も、私自身もあの頃と違います。

なのに、私は目の前で揺れる柔らかなカーテンを開けることをためらってしまうのです。

これではいけない、と私は、左手の薬指の指輪を撫でて、深呼吸を一つしました。

「ウィリアム様、私は……」

「お義姉様、まだー？」

ぱたぱたと足音が二つ、「もう準備できたよー」と言いながらこちらにやって来ます。

「あ！　お兄様だ！」

「義兄様、今日は一緒に行けるのですか？」

ウィリアム様を見つけた二人は、嬉しそうに彼に駆け寄り飛びつきます。ウィリアム様は危なげなく、二人を受け止めて「ああ」と優しく頷きました。

「なんとか仕事を片付けたから、今日は一緒に行けるよ」

弟たちに笑いかけるウィリアム様は、いつものウィリアム様でした。

早く早く、と急かす弟たちにウィリアム様が「分かったよ」と苦笑交じりに頷きます。

「リリアーナ、行こうか」

いつも通り差し出された手に、私は気持ちを切り替えるべきだと言い聞かせて、自分の手を重ねました。

「お兄様、今日はみんなで雪合戦しようね」

「義兄様、雪玉の上手な作り方、教えて下さい」

甘える弟たちに「はいはい」と頷くウィリアム様は、優しい顔をしています。

私はもやもやする気持ちをどうにか呑み込んで、セドリックの「姉様は外に出ちゃダメだよ」という心配に、頷いて返すにとどめたのでした。


外からは、子どもたちのはしゃぐ声が聞こえてきます。

「ふふっ、賑やかですね。……アリスちゃんは、雪合戦に参加しなくていいのですか？」

私は、目の前で一生懸命マフラーを編む少女に声を掛けます。

少女——アリスちゃんは「いいの」と首を横に振りました。アリスちゃんは、このお孤児院の中で私に一番懐いてくれている可愛らしい女の子です。

今日はそのアリスちゃんと私、エルサとアリアナで、談話室にて編み物をしています。

「私、寒いのが、すっっっっごく苦手なの……みんな、よくお外で遊べるなっていつも思うの。雪まで降って、こんなに寒いのに」

アリスちゃんが心底不思議そうに窓の外を見て言いました。

外では、弟たちと孤児院の子どもたちに加えてウィリアム様とフレデリックさん、ジュリア様まで一緒に雪合戦に興じています。雪玉が元気よく飛び交っています。

「私も寒いのはあまり得意ではありませんけれど……」

「ふふっ、私とお揃いだね。でもそのおかげで、今はリリアーナ様をひとり占めにできるんだもん。悪いことばっかりじゃないわ」

うふふっと嬉しそうに笑うアリスちゃんに、胸がきゅんきゅんします。思わず頭を撫でると、可愛らしい子犬のようにぐりぐりと手に頭を押しつけてきます。

「ねえ、リリアーナ様、またレベッカお姉さん、連れて来てくれる？」

不意にアリスちゃんが顔を上げました。

「レベッカさんをですか？」

「うん！　レベッカお姉さん、すごく絵が上手だから、もっと教わりたいの」

レベッカさんは新婚旅行で訪れた町で、絵を依頼した若手の女性画家です。とても素敵で繊細で緻密な絵を描かれます。私たちの寝室に飾られた絵は、見る度にあの広い海を初めて見た時の気持ちを鮮明に思い出させてくれます。

そのレベッカさんは、実は今、侯爵家に住んでいます。

私もウィリアム様も、レベッカさんの絵をとても気に入って、スプリングフィールド侯爵家の絵師として王都に来ないかとお誘いしたのです。レベッカさんは「やったぁ！　三食昼寝付きー！」と喜んで、快諾してくれました。

今は広いお庭の片隅にある小屋で生活しています。最初は、使用人の棟に部屋を用意したのですが「絵の具とかで汚れてもいい部屋がいいですー」とのことでした。ですので庭の片隅にウィリアム様が小屋を用意して下さったのです。

前回、出かけ際に偶然庭で会ったのでお誘いしたら、孤児院に付いて来てくれたのです。

「……そういえば、最近姿を見ませんが、大丈夫でしょうか？」

思わずアリスちゃんの向こうで同じく編み物をしていたエルサを見ます。

「大丈夫でございます。寒いのが苦手だそうで、小屋から出てこないだけです。三食しっかり、デザートまでおかわりしておりますよ」

「まあ、それなら良かった……のでしょうか？」

首を傾げる私につられて、アリスちゃんも首を傾げます。

芸術家は、風変わりな人が多いと芸術家の育成に熱心なおじい様も言っておりましたし、そういうものなのかもしれません。

ポッポー、ポッポーと談話室の鳩時計が鳴きました。

「あら、そろそろ午後のお茶の時間ですね」

エルサがそう言って、手元の片付けを始めました。私たちもそれに倣います。

「リリアーナ様、午前中のおやつの時間の焼きプリンタルト、すごく美味しかったぁ。ありがとうございます！」

「ふふっ、喜んでもらえて良かったです。午後は、くるみとチョコレートのパウンドケーキを焼いてきたので、それを切って出してもらいましょうね」

「本当？　リリアーナ様のお菓子大好き！　あ！　そうだ！　私、お手伝いしてくる！」

そう言ってアリスちゃんは、忙しなく談話室を飛び出して行ってしまいました。

パウンドケーキは寝かせたほうが美味しいので、数日前に焼いて用意しておいたのです。

「奥様のお菓子は、とっても美味しいですからねぇ。私も手伝ってきまーす！」

アリアナがそそくさと出て行きます。多分、アリスちゃんと目的は同じで、パウンドケーキの切れ端をあわよくば貰おうとしているのでしょう。

「ふふっ、喜んでもらえて何よりです」

「……アリアナは、食い気がすぎます」

エルサが呆れたようにため息を零しました。

「作ったものをあんなに喜んでもらえて、私は幸せですよ」

ふふっと笑うとエルサにぎゅうっと抱き締められました。

「ああ、私の奥様が今日もこんなにお可愛らしい！」

今日もエルサが元気で何よりです。

「さあ、エルサ、庭の皆を呼びに行きましょう」

「はい、奥様！」

そう言ってエルサが、コートとマフラーを用意してくれました。エルサは、私がちょっと外に出てウィリアム様と子どもたちを呼ぶだけでも、絶対にこの二つを着せるのです。

お礼を言って、談話室を後にして玄関から外へ出ます。玄関回りと門までは雪かきがしてありました。雪が積もったままのお庭に行くのは無理そうなので、雪かきがされているそこを歩いて、お庭に近づきます。

「みなさーん、おやつの時間ですよー」

精一杯の大きな声で呼びかけると、一番近くにいたヒューゴ様が気付いてくれました。

「みんなー、おやつの時間だって！」

私よりずっと大きな声でヒューゴ様が呼びかけると、白熱していた雪合戦は唐突に終わりを迎えました。

ウィリアム様が子どもたちに声を掛けて、子どもたちが我先にと玄関に走って行きます。

ふと、ウィリアム様とその後ろを歩いていたフレデリックさんが足を止めました。

二人が振り返った先、孤児院の庭をぐるりと囲む煉瓦と黒い鉄柵の向こうに同じく二人組の男性がいました。

ウィリアム様が、駆け寄って行きます。

「お知り合い、でしょうか？」

心なしか親しげにお話をされているように見えました。

ウィリアム様が、門のほうを指差すとフレデリックさんが走って来て、門を開けました。

　私とエルサも門のほうへ近づいていきます。

「まさか、昨日の今日で会えるなんて」

　門へとやって来た黒髪の男性が嬉しそうに言いました。彼の隣には、小麦色の肌に茶色の髪の男性が立っています。

　お二人ともすらりとしていて、年はウィリアム様と同じくらいでしょうか。茶髪の男性は小麦色の肌や雰囲気からして、おそらく王国よりもずっと南のほうの国の方でしょう。

「ウィリアム様、こちらの方は？」

「ああ、私の古い友人だよ」

　ウィリアム様が振り返って教えてくれました。そのお顔は、とても嬉しそうです。

「そうだ、少し話がしたい。時間はあるか？」

「今日は仕事が休みなんだ。そちらの綺麗な女性は、もしかして」

「ああ、私の妻だ」

　ウィリアム様の言葉に小さく礼をします。

「お前、本当にあの侯爵様と知り合いだったんだな。すごいな！」

　茶髪の男性が驚いたように言いました。黒髪の男性は「本当だって言ったでしょう」と笑っています。

「久しぶりなんだから積もる話もあるだろ？　俺は今日はここで失礼するよ。本屋にも行きたいし」

そう告げると茶髪の男性は、人懐っこい笑みを浮かべて会釈をして去って行きました。

「私の妻は、体が弱いんだ。こんな寒い中、あまり外で立ち話はさせたくない、中へ」

男性は「それは大変だ」と慌ててこちらにやって来ます。

私はウィリアム様が差し出して下さった手を取り、玄関への道を辿ったのでした。


中へ入ると子どもたちが、手を洗い終えて食堂へと移動している最中でした。

ウィリアム様は、院長のハリソンさんにお願いして、談話室を借りることにしたようです。私もそれに続きますが、弟たちは子どもたちとおやつをとることにしたようです。

エルサたちが整えてくれた談話室で、私たち夫婦と向かい合うようにして、男性はソファに腰を下ろします。

「昨日のこともあって、心配だったから君に会いたいと思っていたけれど、侯爵である君には俺みたいな一般人は会えないと思っていたから、驚いたよ」

その口ぶりから、昨日の騒動の際、間に入った白衣の男性が彼だったのだとなんとなく察しがつきました。

「それにしても、こちらがロクサリーヌ嬢かい？　お綺麗な方だね」

男性が嬉しそうに言いました。

　思わぬ間違いに私が言葉を詰まらせると、ウィリアム様が慌てて口を開きました。

「いや、違うんだ。ロクサリーヌは、終戦後間もなく、病で亡くなってしまってね。彼女とは三年前に結婚した。紹介するよ。リリアーナ・オールウィン＝ルーサーフォード。由緒ある伯爵家のご令嬢だったんだ」

「そ、そうだったのか、とんだ失礼を……申し訳ない！」

　男性が大慌てで頭を下げます。私は「いえ、お気になさらず」と声を掛けましたが、男性はバツが悪そうな顔をしています。

「大丈夫。私の妻は心優しい人だ。それに会うのは七年ぶりだし、何よりアルマスはクレアシオン王国に来たのはこれが初めてだろう？」

「王国の方ではないのですか？」

　私が首を傾げるとウィリアム様が頷きます。

「リリアーナ、改めて紹介するよ。彼はアルマス。私が二十歳の時に他国の戦場で出会ったんだ。彼は各国を旅する医者なんだよ」

「まあ、お医者様なのですか？」

「はい。国によって様々な治療法や薬がありますからね。それにウィルは知っていると思うけれど……俺は、弟を探しているんです」

　アルマス様が少し寂しげな顔でお話しして下さいます。

「今でこそ、クレアシオン王国がフォルティス皇国を弱体化させてくれたおかげで、周辺諸国は平和そのものですが……以前は、そこかしこが戦火に見舞われ、略奪や襲撃は日常茶飯事だったんです。その混乱の最中、俺と弟が育った隣国の孤児院も襲撃されて……」

アルマス様は、膝の上で組んだご自身の手に視線を落とします。

「その際、俺は街のほうの学校へ行っていて、弟たちは行方知れずになってしまったんです。でも、何者かに連れて行かれるのを村の人たちが目撃していて、俺は医者として勉強しがてら、各国を回って弟を探しているんです」

「……そうなのですね。なんと言ったら良いか……私にも何より大事な弟がおります。陳腐な言葉かもしれませんが、アルマス様の心を想うと、胸が痛みます」

私の言葉に、アルマス様は寂しそうに微笑みながら「ありがとうございます」と目を伏せました。

セドリックが行方知れずになるなんて、考えただけで息ができなくなりそうです。何年もの間、そうして弟さんを探すアルマス様の心痛はいかばかりのものでしょう。

「やはりまだ、見つからないのか？」

ウィリアム様がためらいがちに尋ねます。

アルマス様は、力なく「ああ」と首を縦に振りました。

「実は、今回王国に来たのも、弟に似た人物がいるという話を聞いてね。入国してすぐ確かめに行ったよ……弟は左胸に独特な痣があるんだけど、その人にはなかった。背格好は似ていたんだけど……俺たち兄弟の黒髪や目の色なんてありきたりだしね」

「そう、か」

ウィリアム様が言葉を詰まらせます。私も何も言えずに口をつぐみました。

しばしの物悲しい沈黙を破ったのは、アルマス様でした。

顔を上げたアルマス様は、強い決意を込めた表情を浮かべていました。

「だけど、俺は諦めないよ。たった一人の大事な弟だ。じいさんになったって探し続けるって決めてるんだからさ」

その淡い水色の眼差しに悲嘆は見当たらず、弟を必ず見つけ出すのだという強い思いが溢れていました。

「必ず見つかることを私も心よりお祈りしております」

「私もだ。私に何かできることがあれば、いくらでも頼ってくれ。戦場でアルマスは私の多くの部下を救ってくれた恩人なのだから」

私の言葉に続けるようにウィリアム様が言いました。

ウィリアム様は、アルマス様をとても信頼しているのがその言動から窺えます。

「本当かい？　だったら早速甘えちゃおうかな……実は、スプリングフィールド侯爵家専属医のモーガン医師と話をしてみたいんだ！」

　アルマス様がぱっと顔を輝かせました。

「モーガンと？」

「ああ。俺は今、大通り近くのタース医院というところにお世話になっているんだ。先ほど俺と一緒にいたのは、カシムさん。俺と同じく今はタース医院にいる。カシムさんも世界を旅する薬師で、旅先で出会って彼がタース医院を紹介してくれたんだ」

「タース医院……ああ、あそこか」

　ウィリアム様は病院の場所を知っているようでした。

「そこの医院長のムサ先生が、この国で指折りの医師を教えて下さって、そこにモーガン医師の名があったんだ。あわよくば君を通して会えないかな、と思ってね」

「そういうところは、相変わらずちゃっかりしているな」

　ウィリアム様が、くすくすと笑いを零しました。

「確かにモーガンは、素晴らしい医師だよ。先ほども言ったが、リリアーナは生まれつき体が弱くてね。特定の疾患があるわけではないんだが、だからこそ特効薬があるわけでもなく、寝込んでしまうことがよくあるんだ」

「ええ、ですがモーガン先生に診てもらうようになって、寝込む回数が減ったのです」

　アルマス様は、私たちの言葉にますますモーガン先生に興味を持ったようでした。ウィリアム様にねだるような眼差しを向け、両手を合わせています。

「うーん、今すぐどうこうは言えないな……モーガンもリリアーナのことは最優先にしてもらっているが、彼は彼で忙しいし……」

「俺、冬の間は王都にいるつもりなんだ。タース医院で医者として働くことになっている。この雪じゃ身動きも取れないし……いつでも俺が予定を空けるから。な？」

アルマス様が言葉を重ねます。

ウィリアム様が「しょうがないな」と苦笑を零すと、アルマス様は顔を綻ばせます。

「予定を調整してみるよ。連絡はどこにすればいい？　そのタース医院か？」

「ありがとう、ウィル！　ああ、タース医院で俺宛てに手紙か伝言を託してくれるとありがたい。ウィルへの連絡は？」

「手紙か伝言を受け取ったら、その場で返事をしてくれ。私の部下を行かせるから、私に直接伝わるようにしておく。もし、それができない場合は……そうだな、この孤児院の院長のハリソンに手紙を託してくれ。私のもとに直接届くようになっているから」

後でハリソンにも改めて紹介するよ、とウィリアム様が言いました。

「分かった。本当にありがとう。クレアシオン王国は、とても豊かな国だから医療も大分進んでいるんだ。だからこそ、有名な医師と話ができるなんて、最高だよ」

そう告げるアルマス様は、新しい本を買ってもらった時のセドリックになんだか似ていて、微笑ましい気持ちになります。

「ウィリアム様、私は子どもたちの様子を見て参ります。積もる話もあるでしょうから、ごゆっくりお過ごし下さいね」

ウィリアム様が「いいのかい？」と申し訳なさそうに私を振り返ります。折角の休日だからと気を遣って下さっているのでしょう。

「アルマス様にお会いできて、ウィリアム様が心から喜んでいるのが伝わってきますもの」

「……ありがとう、リリアーナ」

そう告げるウィリアム様は、朝までの気まずさが嘘のように柔らかい笑顔を私に向けて下さいました。そのことに内心、とても安堵しながら私は席を立ちます。

「アルマス様、ごゆっくりどうぞ。私は失礼いたします」

会釈をして、私はエルサと共に談話室を後にします。

「いいのですか、奥様？　アルマス様も大事かもしれませんが……」

エルサが問いかけてきます。

朝のこともあり、優しい彼女は心配してくれているのでしょう。

「いいのです。……ウィリアム様は、私の前では戦時中のお話はしませんから……アルマス様との思い出は戦場にあるようですし、私がいたら思い出話もろくにできません」

　エルサはなんとも言えない顔をしました。

　彼女の夫であり、ウィリアム様の乳兄弟(ちきょうだい)で執事(しつじ)のフレデリックさんも、主人であるウィリアム様に付いて戦争に行っていました。彼もまたウィリアム様と同じくその頃の話はほとんどしないと前にエルサも言っていたのです。

「……ウィリアム様、昨夜はお疲れのご様子でしたが、同時に随分と落ち込んでいるようにも感じられたのです。アルマス様とお話しすれば、きっと元気になるはずです」

「奥様は、お優しいですね。私が昨日の旦那(だんな)様みたいな態度をフレデリックにとられたら、奥様のところに家出しています」

　至極(しごく)真面目な顔でエルサが言いました。

「まあ、エルサったら。ふふっ、私のところなの？」

「ええ、私は奥様の傍(そば)を離れられませんから」

　とんと胸を叩(たた)いて、エルサは誇(ほこ)らしげです。

「ありがとう、エルサ」

「私は奥様の侍女でございますから」

　エルサはちょっとだけ照れくさそうにしていました。こういう可愛いところが、フレデリックさんの心を掴(つか)んで離さないのでしょう。

　そうして私は、エルサと共に賑やかな声の聞こえてくる食堂へと、歩き出すのでした。

第二章 ― 来客の報せ

仲直り、はしたと思うのです。

喧嘩をした翌日の孤児院へ行く前にお互いに謝り合ったわけですから、仲直りは済んだと思うのです。でも、私とウィリアム様の間に引かれたカーテンは、いまだ開かれることなくそこにあるのです。

「行ってらっしゃいませ、ウィリアム様」

「……ああ、行ってくる」

ウィリアム様は、フレデリックさんから帽子を受け取ってしっかりと被ると、今日も雪が舞う中、お仕事へ出かけて行きました。

私は、あの日、ウィリアム様に「行ってらっしゃいのキスをしません」と宣言しました。

それが、仲直りをしたはずの今も尾を引いているのです。

ウィリアム様は私よりとても背が高くて、いくら私が背伸びをしてもウィリアム様がかがんで下さらないと、私の唇は彼の頬にも届かないのです。

毎朝の習慣だったキスは、ウィリアム様が受け入れて下さっていたからこそ成り立っていたのだとまざまざと実感しました。

エルサやアリアナと違い詳しいことを知らないはずの弟たちも、使用人の皆さんも私とウィリアム様の様子がおかしいことには気付いているようですが、心優しい彼らは、何か言いたげにしながらも、今のところは口をつぐんでくれています。

「姉様、僕とヒューゴは、午前中は温室にいるよ。そこで植物のお勉強をするんだ」

「分かりました。頑張って下さいね」

「うん！　でもその前にヒューゴを起こしてこなくちゃ。姉様もちゃんとあったかい部屋にいてね。じゃあ、僕行ってくる！　エルサ、アリアナ、姉様をお願いね！」

セドリックは、私の侍女たちにまで念を押すと階段を駆け上がって行きました。

「さあ、奥様、セドリック様に言われた通り、談話室かお部屋に行きましょう。エントランスは冷えますから」

「しょうがのはちみつ漬け入りの紅茶をご用意しますね！」

エルサとアリアナに促されて、私も歩き出します。

「私の部屋に用意をお願いします。お手紙の返事を色々と書こうと思っているんです」

エルサとアリアナが、揃って頷きました。

私室へ戻るとエルサが、ささっと手紙を書く準備をしてくれ、アリアナがしょうがのはちみつ漬け入りの紅茶を淹れてくれました。

「エルサとアリアナは、よければそこのソファを使って下さい。春のバザーに向けてあれこれ作らないといけませんから」

孤児院のバザーは、冬がお休みな分、春はそれはそれは盛大に開かれるそうです。そのため、商品もいつもよりずっと多く用意しなければいけないのです。

「ありがとうございます。でしたら、クッション用にシーツの裁断をさせていただきますね。それと寄付品の選別も時間があればやってしまいます」

「ええ。あ、クッションですが、来年は大きなものにも挑戦してみようと思っているんです。ですから、いくつかそれ用に裁断をお願いできますか？　二つ分くらいでいいです」

「でしたら、一度型紙を作りますので、お声掛けしますから確認して下さいませ」

「分かりました。では、お願いしますね」

　私が了承の返事をすると二人はてきぱきと動き始めました。エルサがシーツを広げ、アリアナが印をつけるのを時折眺めながら、私もペンを走らせます。

　領地にいるお義母様、今日も忙しく勉強中のクリスティーナ、母方の祖母など、それぞれがくれた手紙の返事を便せんに認めます。

　お返事を書きながら、ふと思い出すのはやはりウィリアム様のことばかりです。

　あの日のウィリアム様の身に何が起こったのか。その真実を教えてくれたのは、あの女性を取り押さえていたフレデリックさんでした。

彼が私の部屋にこっそりとやって来たのは、孤児院に行った日の夜でした。その夜もウィリアム様は、帰って来るなり書斎にこもってしまっていたのです。

『旦那様から奥様には言うなと言われているので、私の妻のエルサに何があったか話します』

そう前置きして、フレデリックさんはエルサに顔を向けたまま話し始め、あの日のことを教えてくれました。

女性は、戦争で騎士だった息子を亡くしていること。

亡くなった方は、ウィリアム様の指揮する部隊にいたこと。

そして、ウィリアム様に「人殺し」「息子を返せ」と叫んで、石を投げたこと。

そして、ウィリアム様は、その石を避けられただろうに避けなかったこと。

アルマス様が間に入ってくれたのは、女性がアルマス様が現在身を置いているタース医院の患者さんで、顔見知りだったからだそうです。

私は、フレデリックさんがエルサに語ったその事実を、どう受け止めればいいかが分かりませんでした。

同時に私の目の前に引かれたカーテンの向こうには、ウィリアム様が私に見せようとしない戦争に関わる何かがあるのだと知りました。

ウィリアム様は、私がカーテンを開いて踏み込むことを、きっと、望んではおられないでしょう。

それに気付いてしまった私は何もできず、私たちの間のカーテンは、今も閉められたままなのです。

ウィリアム様は、一貫して戦争というものについて私にはお話しして下さいません。

私がウィリアム様の口から聞いたのは、親友であるマリオ様が戦場で腕を負傷してしまったお話や先日会ったアルマス様との出会いのお話くらいです。

私は、戦争というものをほとんど知りません。戦争が完全に終結したのは今から六年前です。ウィリアム様が情勢が一変するほどの手柄を立てたのが、終戦の二年前です。

私はその当時伯爵家にいましたので、外の世界のことは何も知りませんでした。

ウィリアム様の功績は、嫁ぐ前に父が大まかに教えてくれた、というよりも――ウィリアム様はこれだけ素晴らしいのにどうして、マーガレットではなくお前など――と嘆いていた言葉たちから知りました。

嫁いで来てから始めたお勉強で、私の知らなかった外の世界で戦争というものが繰り広げられていたと知ったのです。

そんな何も知らない私が、ウィリアム様が戦争を通して抱えている何かに踏み込んでいいとは、到底思えません。

本当は、同じ騎士の妻であるお義母様に相談ができれば良かったのですが、今、お義母様は領地にいます。私が相談をしたら、この雪の中無理をして王都にやって来てしまうかもしれません。

祖父は文官ですし、母の兄である伯父も文官です。港町で友人となったルネ様の夫は騎士様ですが、彼は戦争に出たことのない年齢です。

「……そうです、お父様になら……」

私の脳裏に浮かんだのは、お父様ことフックスベルガー公爵のガウェイン様でした。

新しい便せんを取り出して、ゆっくりと考えをまとめながら言葉を綴ります。

ガウェイン様は、騎士ではありません。ですが外交官として生きていたからこそ、人生経験豊富なガウェイン様は色々なことを知っています。

インクが乾いたのを確認して、封筒に便せんを入れ、蝋封をします。

「エルサ」

「はい、奥様」

エルサが作業の手を止めて、こちらにやって来ました。

「これをお願いします」

四通の手紙を差し出しました。エルサが丁寧に受け取ってくれます。

「では、アーサーに渡して参ります」

「はい、お願いします」

エルサは「かしこまりました」と頷いて、手紙を手に部屋を出て行きました。

私は、すっかり冷めてしまった紅茶を飲んで、喉を潤し、立ち上がります。

騎士の妻として何ができるか分からずとも、今はせめて侯爵夫人としてできることをしようと、アリアナにシーツの裁断をする手伝いを申し出たのでした。

師団長室の壁に飾られた百合の花の意匠が彫られた額縁の中で、愛する妻は優しく微笑んでいる。繊細な筆致で描かれたリリアーナは、まるで本当にこの額縁の中に閉じ込められているかのように、命の輝きを宿していて美しい。
でも、目を閉じて浮かぶのは、不安そうに私――ウィリアムを見つめるリリアーナの顔ばかりだった。
冬のクレアシオン王国は、深い雪に覆われていて、流石に盗賊や山賊、他の犯罪者たちも他の季節に比べれば、静かなものだ。
暇というわけではないが、いつもに比べればずっと時間に余裕があるというのに、私は自分の弱さのせいで、リリアーナとの時間を持てないままでいる。

「……はぁ」

勝手にため息が零れていく。

「旦那様、ため息ばかりつかれていると、幸せがますます逃げますよ。……アルフォンス様とマリオ様がいらっしゃいました」

顔を上げると、フレデリックが呼びに行くよう頼んだアルフォンスが何故かマリオを伴って戻って来ていた。

私は、ぐっと伸びをして立ち上がり、ソファセットへ移動する。

「マリオは、どうしたんだ？　何か問題でもあったのか？」

「まあ、色々な」

そう言いながら、マリオはアルフォンスの隣に座る。カドックが、いつも通りアルフォンスの背後に控えた。

「今年の冬は、例年になく静かだね」

徐にアルフォンスが言った。紅茶の入ったティーカップを彼の前に置いたフレデリックが「そうですね」と同意をする。

「確かに今年は、いつもより雪が多い。だが、それにしても周辺諸国が静かすぎるとは思わないかい？」

アルフォンスがティーカップに手を伸ばしながら言った。

私は彼の前に腰を下ろしながら、首肯する。

「確かにな……秋頃から徐々に動きが鈍くなっていたが」

クレアシオン王国は大陸の西側の、大小様々な国々がひしめく中にある。国としては大きいほうで、雄大な自然に恵まれた豊かな国だ。

多くの国々がひしめいている分、思想や宗教、人種など色々な理由や原因で戦争の絶えない地域であった。休戦と再戦を繰り返しながら、王国も周辺諸国も歴史を紡いできた。

その戦争の真ん中にいたのが、クレアシオン王国の遥か南に位置する砂漠の国・フォルティス皇国だった。

フォルティス皇国は、もともと様々な民族の集う地域だったが、それを初代のフォルティス皇帝が力でねじ伏せ、一つの国として統治した。そうしてできた野心の強いフォルティス皇国は、豊かな土地や資源を求めて他国を侵略するようになり、豊かな資源と広い領土を持つクレアシオン王国も狙われることになったのだ。

正直、当時のフォルティス皇国の軍事力はクレアシオン王国を上回っていて、一時は敗戦間近にまで追い込まれた。

だが、なんとか盛り返し、私たちは徹底的にフォルティス皇国の力を殺ぐことに成功し、私が二十一歳――今から六年前に完全な終戦を宣言することができたのだ。

現在のフォルティス皇国は、クレアシオン王国に負けたことで皇家の力が弱まり、国内各地で独立を求める紛争が巻き起こっている。民族同士の争いが絶えないのだ。

故に国内各地の紛争やそれに伴う暴動の鎮圧に回らざるを得ず、表面上は大人しい。

ただ、それはあくまで表面上の話だ。我が国内には、各国の諜報員と思われる者が大勢潜り込んでいるし（無論、逆も然りではあるが）、敗戦のきっかけとなったクレアシオン王国を憎み、恨むフォルティス皇国は、寝首を掻こうと必死なのである。

現在の平和を尊び、多くの国は我がクレアシオン王国側だと言ってもいい。とはいえ、フォルティス皇国側につく国もある。

そういった国々が差し向けて来る刺客や問題を解決するのが私の一番の仕事と言ってもいい。

「とりあえずは監視の強化を進めるしかないな。この雪で立ち往生しているだけならそれでいいんだが……」

「なーんか、嫌な感じなんだよねぇ」

アルフォンスが眉を寄せ、唇を尖らせる。

「で、マリオは何の用なの？」

書類仕事を手伝わせすぎたせいで、ここのところ有事以外で騎士団に近寄りもしなかったマリオにアルフォンスが首を傾げる。

マリオは、眉間に皺を寄せて黙り込んだままだ。

私とアルフォンスは顔を見合わせ首を傾げる。しばらくして、マリオが重い口を開いた。

「……折角、外は大人しい様子なんだが、その……内側で少々、嫌な動きがある」

「その内側っていうのは、国？　団？」

アルフォンスが問う。

マリオはためらいがちに「騎士団内だ」と告げた。

「英雄や王太子――ひいては王家そのものを軽んじる発言が、一部で目立ち始めたんだ」

私もアルフォンスも、万人に好かれているわけではない。無論、私たちを嫌いな人間や疎む人間も一定数いる。

だが、マリオが報告をして来るということは看過できない数が、そのような言動をしているということだ。

「こちらはまだ噂の段階だが、そいつらは騎士団を裏切る気ではないか、という話もあるし、少々、怪しい動きも確認している」

「怪しい動き？」

私は眉を寄せ、先を促す。

「一部の騎士が……亡くなった騎士の家族や友人に接触している、という報告がある。彼らは、騎士団や王家に家族や友人を喪った恨みを抱いているから、軽視はできない」

私の脳裏に、先日の光景がよみがえる。

「まさか、この間のウィルが襲撃された件は、それの発端ってこと？」

アルフォンスが言った。

「まだ可能性の段階だが、ないとは言い切れない」

あの日、私は孤児院の子どもたちのお菓子を買いに出かけると言っていたリリアーナに一日会いたくて、時間を見計らってフレデリックと共に町の警邏に出た。

だが、直前の会議が長引いてしまい、予定していた時間よりも少し遅くなってしまった。会えないかもしれないな、と思いながらも、侯爵家の紋が入ったリリアーナの外出用の馬車を見つけた時は嬉しかった。

しかし、その嬉しさは次の瞬間には消え失せた。

ふらり、と私とフレデリックの前に現れたのは、随分とくたびれた様子の中年の女性だった。

雪が降っているというのに綿のワンピースにショールを羽織っているだけだった。髪は伸び放題で手入れが最低限しかされていないのが窺えた。

こけた頬と青白い顔の中で、その双眸だけが異様なほど爛々とした光を宿していた。

『……ヴェリテ騎士団、特別師団第一大隊第三部隊所属・ジャン騎士。クレアシオン王国国境戦にて戦死』

まるで呪文のように女性が紡いだ言葉は、私が隊長となり指揮をとっていた部隊と部下のことだった。

『息子を、返せ……この、人殺し！』

悲痛な叫びと共に投げられた石は、避けようと思えば避けられた。だが、私は避けることができなかった。

女性の言葉は、まぎれもない事実だったからだ。

その衝撃に私が固まっている間にフレデリックが女性を取り押さえ、近くにいた騎士たちがすぐに駆けつけてきた。

私は何かを言わねば、指示を出さねばと焦れば焦るほど言葉が見つからず、騎士たちが女性を取り押さえようとにじり寄るのを止めねば、と手を伸ばそうとした時、白衣をまとった彼は現れた。

女性は彼――アルマスが身を置いているタース医院に通う患者だったようで、彼は間に入ってくれた。そのおかげで我を取り戻すことができた私は、女性を丁重に騎士団に連れて行くように命令を下した。

まさか振り返った白衣の男性が、戦場で出会った友であるアルマスであったことは驚き以外の何物でもなかったが。

アルフォンスが「女性は、何も喋らなかったんだよね」と私に確かめるように言った。

「ああ。喋ったのは死んだ息子の情報だけだが、それでも身元の確認はとれた。今はタース医院だ。もともとそこへ通っていたそうで、監視付きで入院している。息子を喪って以来、長いこと精神の病を患っていて、夫と姪夫婦が面倒を見ていたそうだ」

私は淡々と答える。

「処断としては、甘すぎないかい？」

アルフォンスがじっと私を見つめる。私は、その視線から逃げるように目を伏せた。

「私が、直接手を下したわけではない。だが、私の部隊にいたのは事実。私の指揮下で散っていった命であるのも事実だ。……息子を喪った母親が、息子の上官であった私を恨むことの何が……間違っているだろうか」

アルフォンスは何か言いたげだったが、何も言わなかった。

「……マリオが報告してきたということは、諜報部隊内では既に証拠や確証が得られ始めたということだろう？　だとすれば、この件はもう少し内容が固まり次第、騎士団長へ報告する。必要があれば内部調査も視野に入れる」

「……反発、するだろうね。騎士団内の混乱は免れない」

アルフォンスが神妙な顔で言った。

「ああ。だが、この国の平和を守るためには、手段を選んでいられない。そうだろう？　内部で争いが起これば、フォルティス皇国のように外を構う暇がなくなる」

「まあ、それはね。……でもやっぱり、外側の敵より、内側の敵のほうが駆逐するのは大変だ。身も心も消費する。慎重にいこう」

アルフォンスの言葉に私とマリオはしかと頷いた。

空気が少しだけ弛緩し、フレデリックがさりげなく皆のカップにおかわりを注いでくれる。

私は冷めきってしまったそれを一気に飲んで、新たに温かい紅茶を貰う。

「で、ウィル。なーんでリリアーナ様と喧嘩してんだ？」

「ぶふっ、ごほっごほごほっ！」

マリオの唐突な問いかけに、紅茶を噴き出した。気管に入ってしまい、無様な咳が出る。

ティーポットを置いたフレデリックが背中を撫でてくれるが、おそらく呆れ顔をしているのが――第三者から見たら無表情だろうが、私は乳兄弟であるから――分かる。

「この大事な時にリリィちゃんと喧嘩してんの？」

「喧嘩、のようなものはしたが……仲直り、は、した、と思う……多分」

尻すぼみになっていく言葉に比例して、友二人の目が胡乱なものに変わっていく。

「第一、何でお前が知っているんだ」

「マリエッタとして、エルサから個人的に頼まれた奥様の手袋を納品しに行ったら、エルサが教えてくれたんだよ。活を入れてくれ、あわよくば殿下の耳に入れてくれってな」

エルサは、私がアルフォンスになかなか頭が上がらないことをよく知っているようだ。

私がアルフォンスに弱いのは、アルフォンスが王太子だからではない。彼は基本的に正しいし、私の十倍は口が良く回るので、ただただ勝てないのである。しかもアルフォンスは――後ろのカドックも横のマリオもだが――基本的にリリアーナの味方なのだ。

「で、何が原因で喧嘩したの？」

有無を言わさぬ眼差しに、私は早々に降参して襲撃事件の日の出来事を掻い摘んで説明するはめになった。

「心配してくれる奥さんを部屋に入れないってのは、紳士としていかがなものかと思うよ。リリィちゃん、事件を目撃していたんだろう？」

案の定、話を聞き終えるとアルフォンスは呆れた表情を隠しもせずに言った。私は「ああ」と歯切れ悪く頷く。

「詳細は報せていないが、私が怪我をしたのは見ていたようで……だが、どうしても私は彼女を私の――騎士としての問題に巻き込みたくなかったんだ。彼女は戦争を知らない。もちろん、知識としては知っているだろうが……実際のそれに伴うあれこれを彼女には関わらせたくないんだ」

「その気持ちは僕だって分かるけど……拒絶はだめでしょ。馬鹿正直に話さなくたって、手当てを受けるぐらいの余裕を持つべきだったね」

やはりそれはドのつく正論で、私はぐうの音も出なかった。あの日、フレデリックにも同じことを言われたのだ。奥様は不躾にあれこれ詮索する方ではない。手当てだけしてもらえ、と言われたが、あの日の私にはそれを受け入れる余裕が、本当になかったのだ。

「……結果、このヘタレ旦那様のせいで奥様は弱気になってしまい、毎朝恒例であった見送りのキスもなくなってしまい、旦那様にどう関わるべきか悩んでおられるようです」

フレデリックが恨めしそうに言った。私へのリリアーナからの見送りのキスがなくなった結果、自分自身も便乗して貰っていたエルサからの見送りのキスがなくなったからだ。

「リリィちゃん、ウィルが全部悪いのに、自分の行動がまずかったって悩んでそう……」

「うぐ」

「信用されてねえのかもって落ち込んでそうだよな」

「ひぎっ」

「え？　カドック、なになに？　……『奥様は謙虚だから、自分は未熟で頼りないのだろうとも悩んでいそう？』……うんうん、確かに」

「……くっ」

ぐさぐさと容赦なく親友たちが私の心にナイフを突き立ててくる。

「か、彼女のことは私がこの国で一番信じているし、愛してる！」

「だったら、それをそのまま伝えてこいよ。何も言わないまま、伝わってるだろうってのは傲慢に他ならないからね」

やっぱり私は、ぐうの音も出ないほどの正論に叩き潰される。

「これからもし、本当に内部調査が始まれば君はますます忙しくなるし……精神的にもかなり辛いことになる。だからこそ、愛する奥さんときちんと向き合うべきだよ。すれ違いってのはね、時間が経てば経つほど、解消が難しいんだから」

「……ああ。分かってる」

アルフォンスが立ち上がり、私の横の肘掛けに浅く腰かけると、私の背をぽんぽんと叩いた。

「……彼女を私の職務から遠ざけるのは、間違っているだろうか」

「間違っていないと僕は思うよ。重要なことを知っていると思われれば、君の首が欲しい奴らにしてみれば、か弱いリリィちゃんは格好の餌食になる」

アルフォンスは私の問いに即答した。彼の言葉にどこか安心しながら、私は顔を上げる。

「まだ心の整理ができていない。恨まれることも、憎まれることも慣れていたはずだが
……私は彼女の前では弱くなってしまうから、いらないことを言ってしまいそうでな」

アルフォンスが、労わるように私の背を優しく撫でる。

敵国の人間に恨まれるより、自国の人間に恨まれるほうが辛い。

「だが、それで私が逃げていては結婚したばかりの頃と同じだよな。せめて、彼女を信頼しているのだと、なんとか伝えようと思う」

「うんうん、ヘタレの君にしては良い答えだ」

あはは、と笑いながらアルフォンスが立ち上がった。睨んでみるが、どこ吹く風だ。

「さて、僕は戻るよ。王城の会議に顔を出さなくちゃいけなくってさ」

「俺も、部下がそろそろ戻って来るからな……また報告に来る」

マリオは、いつもより覇気がなかった。仲間を疑うのは、何より辛い仕事だ。

「マリオ、辛いことを頼んでしまうが、平和のために、この国のために、頼む」

「……ああ。俺の誇りにかけて頼まれてやるよ」

マリオは、悪戯に笑いながら、しかし迷いを捨てた目で頷いて立ち上がった。

「あー、まぁたしばらくレースやリボンはお預けだなぁ」

「解決したら、リリアーナのドレスでも好きなように作ってくれ」

「本当ね!? 言質取ったわよ！　リリアーナ様に着せたいドレスのデザインは渋滞してるのよ！　使いたい素材だってたくさんあるし、きゃー！　楽しみだわ！」

マリエッタが顔を出しているが、それが元気な証拠なのでほっとしてしまう。

レースはあそこの工房、シルクはどこそこの地方産ので、とるんるんで歩き出したマリオと相槌を打つアルフォンスを見送るため、二人の後に続く。

「あ、そうだ」

フレデリックがドアを開けると同時にマリオが足を止めて振り返った。

「お前、事件の時に間に入ってくれた医者と手紙のやり取りしてるんだって?」

マリオが不思議そうに首を傾げながら言った。アルフォンスが「そうなの?」と確認を求めて振り返る。

「ああ……あ、もしかして情報としては女性側の医者として処理されているのかもな。あの件はあまり公にしていないし。彼は、アルマスだよ。覚えているか?」

「アルマスって、あの?」

アルフォンスが驚いたように言った。

「ああ。弟を探しながら医者として各国を旅する、アルマスだ。彼は今、タース医院で冬の間だけ医者として滞在しているんだ。何でも弟らしい人がいると聞いて、我が国に来たらしい。……残念ながら人違いだったようだが」

「そうか、まだ見つからないんだね。……それでも探し続けている彼は、強い人だね」

アルフォンスが、切なげに笑う。

間違っていなければ、アルマスが弟と生き別れて既に十年以上が経っている。時間が経てば経つだけ、再会できる確率は絶望的なものになっていくだろう。

「アルマスは、医者としていまだに熱心に修練を積んでいるようで、モーガンを紹介してほしいと頼まれたんだ。モーガンは優秀だからな。今度、家に招待するつもりだ」

「なるほど。相変わらず勤勉なんだね」

感心したアルフォンスとは裏腹にマリオは、なんだか腑に落ちない顔をしている。

「どうした？」

「いや……久しぶりに会った旧友とはいえ、簡単に家に招くのはどうかなと」

ためらいがちにマリオが言った。

「心配をありがとう。だが、私だって一応、調べはつけたよ。アルマスの入国に怪しい点はない。医院での評判も上々だ。それに彼は昔からとても誠実な人だ」

「そりゃあ、まあ、そうだけど……悪いな、過敏になっちまってる」

「そういう人がいてくれることは、重要なんだよ。僕やウィルみたいな立場の人間にはね」

アルフォンスが眉を下げたマリオの肩を励ますように叩いた。

「よし、じゃあ行きますかー」

「ああ。会議が恙なく終わるよう祈ってるよ。……マリオ、頼んだぞ」

アルフォンスの背を叩き、そしてマリオに視線を向ける。私の視線を受け止めて、マリオは不敵に笑うと「任せとけ」と告げてアルフォンスと共に去って行く。

「……マリオには辛い役目を押しつけてしまったな」

「……平和のため、ですよ」

閉められたドアの前で呟いた一言に、フレデリックがそう返してくれた。

「そうだな……うん。さて、私も仕事を片付けなければ。そろそろ事務官たちもそれぞれの会議から帰って来るだろう。フレデリック、それまでに報告書の仕分けを頼む」

「かしこまりました」

手本のような礼をして、テーブルの上を片付けてから仕事にとりかかったフレデリックを横目に私も自分のデスクへと戻る。

壁に掛けられたリリアーナの絵を見上げ、私は彼女にどう言うべきか、何を言うべきか、せめて花束くらいは用意するべきだろうかと悩みながら、私のサインを待つ書類のために万年筆を手に取るのだった。

しかし、人が折角決意を固めたというのに、そういう時に限って仕事が急に立て込み、私がなんとか家に帰れたのは、この二日後の朝食の時間のことだった。

朝食の席に行くと三日ぶりにウィリアム様のお姿がありました。思わずエルサを振り返りますが、エルサも知らなかったようで驚いています。
まさか帰って来ているとは知らず、私は慌てて挨拶をします。
「お、おはようございます。申し訳ありません、お帰りになっていると気付かず……」

「大丈夫だ。帰ったのは、本当についさっきで……久々に君たちの顔が見たくて朝食だけでも一緒に、と思ったんだ」

ウィリアム様は、久しぶりに私の目を見てくれました。

「本当だよ。僕がね、朝ご飯に降りてきた時に、丁度、義兄様が帰って来たの」

先に席に着いていたセドリックが教えてくれました。

「そう、なのですね。お疲れ様です」

私はウィリアム様の斜め前にあるいつもの席へ座ります。

「今年は特に雪が酷くてね、路面が凍って馬車がスリップしただの、他国からの使者が雪で立ち往生しているだの、とにかく大小様々なトラブルが絶えなかったんだ。連絡もろくにできなくて、すまなかった。……さあ、朝食にしよう」

そう言ってウィリアム様が食前のお祈りを始め、私たちもそれに倣います。食前のお祈りが済んだら、朝ご飯の時間です。

ちらりとウィリアム様の様子を窺います。

留守の間、何があったか一生懸命話すセドリックに、ウィリアム様は真剣に耳を傾けて下さっています。そのお顔に少しだけ疲れが滲んでいますが、ここから見る限り、怪我などはないようでした。

ちなみにヒューゴ様の席は空っぽですので、今朝も起きられなかったようです。昨日は起きてこられていたのですが、残念です。お見送りには間に合うといいのですが。

それから私がなんと声を掛けようか、とぐるぐると悩んでいる間に朝食は終わってしまいました。お皿は空なのに何を食べたのか、いまいち覚えていません。

ウィリアム様は休む間もなく、再びお仕事に戻られるようでした。ウィリアム様が戻られると知っていたら、せめて早起きをしてサンドウィッチくらいは作りたかったです。

「行ってらっしゃいませ」

「お兄様、頑張ってね！」

「義兄様、お気を付けて！」

見送りには間に合ったヒューゴ様（まだ寝間着ですが）もセドリックと一緒にウィリアム様に声を掛けます。ウィリアム様は、弟たちの頭を順に撫でると、フレデリックさんから帽子を受け取り、被りました。

「あー、その、リリアーナ」

「は、はい」

ウィリアム様が歯切れ悪そうに口を開きました。私は思わず背筋を正します。

「直前になってしまって、申し訳ないんだが……今日の午後、アルマスがモーガンを訪ねてうちに来る。詳細はこれに」

「今日、ですか？」

私はウィリアム様から、一枚の紙を受け取ります。そこにはお二人の訪問時間などが書かれていました。

「すまない。昨日の夕方、二人の予定がなんとか整ったんだが、こちらに使者を送る余裕がなくて……何か予定があっただろうか？」

「いいえ、私は何も。弟たちも今日はもともとお勉強はお休みですので」

「そうか、なら良かった。あ、いや、急になってしまったことは反省しているんだ」

ウィリアム様が慌てて言い募ります。

なんだか久しぶりにいつものウィリアム様を見られた気がして、ほっとします。

「ふふっ、大丈夫です。侯爵家の皆さんはとても優秀ですから。それにモーガン先生のことは熟知しておりますし、アルマス様お一人ならすぐに恙なく仕度が整います」

「そうか。ありがとう。私の大事な友人だから、他ならない君にお願いするよ」

「は、はい……っ」

思いがけない嬉しい言葉に私は、返事をする声が上ずってしまいました。

「では、行ってくる」

そう告げて、ウィリアム様はコートの裾を翻し、颯爽とお仕事へと出かけていきました。

私は、ウィリアム様から大事なお客様を任されたという事実に緩みそうになる頬をなんとか抑えて、エルサやアリアナ、見送りに出ていた使用人の皆さんを振り返ります。

「お客様は昼食後に来られるようです。場所は図書室です。お二人が資料などを広げられるよう、大きなテーブルの準備をお願いします。午後のお茶の時間には、サロンでおもてなしをしますから、それの準備もお願いします。もしかしたらディナーの準備も必要かもしれません。これから厨房に行くので、そちらで先に茶葉を決めてしまいましょう」

「「はい、奥様！」」

生き生きと動き始めた使用人の皆さんに、私も頑張っておもてなしをしようと気合を入れ直すのでした。

「はぁぁ、すごいなぁ……広い……」

時間通りにやって来たアルマス様を弟たちと共に侯爵家自慢の図書室にご案内します。

アルマス様は、図書室へ入ると圧倒された様子で、周囲を見回しました。

スプリングフィールド侯爵家の図書室は、それはそれはたくさんの本があります。私が好む小説や刺繍の図案本といったものから、子ども向けの絵本、医学や兵法といった専門書、哲学書に詩集とありとあらゆる種類の本が揃えられているのです。

「やあ、君がアルマス君かな？　初めまして、私はモーガンといいます」

モーガン先生の穏やかな声が迎え入れてくれます。

　アルマス様は、目を丸くすると慌てて居住まいを正して、深々とお辞儀をしました。

「は、初めまして。俺、あ、わ、私はアルマスと申します。今日は貴重なお時間を設けていただき、心よりお礼申し上げます！」

「おやおや、顔を上げてくれ、そんなにかしこまらなくていいよ。私も旦那様から各国を旅するとても優秀な医師だと聞いて、君に会ってみたいと、そう思ったんだよ。最新の薬や治療法について、是非教えてほしい」

「光栄です……！」

　本当にモーガン先生に会いたかったのだと、アルマス様から伝わってきます。

　お二人は、早速広いテーブルへ移動しました。

「あ、あの、モーガン先生、アルマス先生」

　私たちは退出しようとしましたが、セドリックがお二人に声を掛けます。

「多分、いえ、絶対にお二人のお話は分からないと思うのですが、ここで聞いていてもいいでしょうか？　僕、医学にも興味があるんです」

「まあ、セディ。だめですよ、お二人の邪魔をしては……」

「いえいえ、勤勉な聴衆がいると没頭しすぎなくていいのですよ。自分の考えばかりに囚われず、相手により分かりやすく伝えようと思えますからね。いかがですか、アルマス君」

「俺も、かまいません。えーっと、セドリック様、よければ質問もして下さい。質問は自分でも考えを整理できるいい機会になりますから」

「はい！　ありがとうございます！」

「じゃあ、オレも聞いていいですか？」

「でしたら、私も」

ヒューゴ様と私も手を挙げてお願いすると、お二人は快く受け入れてくれました。エルサたちが、椅子を用意してくれ、二人の邪魔にならないように少し離れて座ります。

セドリックは、最初からその気だったのかノートとペンをしっかりと用意していました。

それからお二人は、持参した鞄からあれこれ資料や薬を取り出して、お話を始めました。お医者様としての情報交換も兼ねているのでしょう。様々な言葉が飛び交いますが、やはり専門的すぎて私には未知の言語のように聞こえます。ヒューゴ様は途中で船を漕ぎ始めてしまいました。

けれど、セドリックは一生懸命二人のお話を聞いて、時折、質問までしています。モーガン先生もアルマス様も嫌な顔一つせず、むしろなんだか楽しそうにセドリックの質問に答えてくれます。

「ああ、そうだ。珍しい薬を今日は持ってきたんです」

お話が始まって大分経った頃、アルマス様が徐に鞄からガラスの小瓶を取り出しました。

中には半透明の緑色の液体が入っています。

「これは、フォルティス皇国以南の山岳地帯に生息するカウサソウと呼ばれる植物の葉を乾燥させ、煎じたものです」

「カウサソウ、聞いたことのない植物ですね」

「砂漠地帯を抜けた先の一年中夏のような国の山、それもかなり標高の高いところでないと採取できないので、ご存じないのかも……俺もこれを手に入れるのに苦労しました。カウサソウは、もともと現地の人々が古くから薬として珍重していた植物なんです」

そう説明しながら、アルマス様は鞄から油紙を取り出しました。開くと、しおしおに乾燥した植物が現れました。

「これがカウサソウです。薬を作る際は、こうして乾燥させたものを使うのです」

「ほう……」

モーガン先生が興味深そうにアルマス様の手の中を覗き込みます。

「このカウサソウは、現地では『裁きの草』とも言われています」

「裁きの、草？」

セドリックが不思議そうに首を傾げます。

「この葉を煎じると確かに薬になるのですが、今のこの状態だと猛毒なのです」

まあ、と私は思わず息を呑みました。セドリックもびっくりしています。

「この薬を摂取すると、呼吸困難、冷や汗、動悸に見舞われ、感覚が麻痺します。最終的には心臓に毒が回り死にます」

テーブルの上に置かれたガラスの小瓶が、急に恐ろしいものに見えました。

アルマス様は、カウサソウをテーブルの上に置くと、また別のガラスの小瓶を二つ取り出しました。

一つはワインのような赤紫の液体が入っていて、もう一つには蜂蜜色の液体が入っていました。

更にアルマス様は、油紙で包んだものを二つほど取り出します。

一つには、ダリアのような赤紫の花を乾燥させたもの。もう一つには小さな橙色の実を乾燥させたものが包まれていました。

「こちらの赤紫のほうは乾燥させた花を、こちらの蜂蜜色のほうは実を煎じたものです。どちらも同じカウサソウの花と実です。夏の終わりになると咲き、秋の終わりに実を付けます。これは昨年、採取したものです」

同じ植物の葉、花、実がテーブルの上に並べられます。

「先ほど申し上げた通り、この葉の薬は猛毒です。花の薬もまたこれを摂取すると死にはしませんが、酷い腹痛に襲われる微毒性があります。ですが不思議なことに、どちらもこの実の薬と合わせることで、葉の薬は優秀な鎮痛薬に、花の薬は解熱薬になるのです」

「ほほう」

　モーガン先生が感嘆の声を上げました。

「そして、更に面白いことに万が一、葉の薬を摂取してしまった場合、この実の薬を飲めばあっけなく中和されてしまう。実の薬自体は滋養強壮の薬で毒はないんだ」

「同じ植物から全く違う薬が採れるというのは珍しいね」

　モーガン先生が興奮した様子で言いました。

「アルマス先生、葉のお薬とお花のお薬を合わせるとどうなるんですか？」

「良い質問ですね、セドリック様。二つを合わせても毒は消えず、葉の薬を飲んでしまった後、花の薬を飲んでも残念ながら、助かりません」

　セドリックは、一生懸命、アルマス様の説明をノートに書き留めています。

「だから、遠い遠い昔、これは刑罰に使われていたんです。この三つの薬が入った陶器の小瓶を用意して、囚人に二つだけ選ばせたんだ。神に見放されていると死んでしまうけれど、神に守られていれば助かる。故に『裁きの草』と呼ばれていたのです」

「素晴らしいね、各国を旅するからこそ得ることのできる知識だ」

「はい。やはり様々な国を旅することはとても有意義です。古い伝承や民間療法も馬鹿にはできません。それが新しい薬の発見や、治療法の発展に繋がることもあるのですから」

「私があと二十年若ければなぁ」

「モーガン先生が悔しそうに言うと、セドリックが慌てて口を開きました。

「モーガン先生は、どっか行っちゃダメです！　姉様のお医者様なんですから！」

するとモーガン先生は「もう若くないので、ここにいますよ」と穏やかに笑って返してくれます。私は「いつもありがとうございます」と感謝の気持ちを伝えました。

「モーガン先生のおかげで私も本当に調子が良くなってきて、今年の秋は三回しか寝込まなかったのです」

「去年は五回も寝込んだもんね。良かったね、姉様」

私は「ええ」と頷いて嬉しそうな弟の頭を撫でます。可愛いセドリックはますます可愛い笑みを浮かべてくれました。

「確かにモーガン先生は本当に素晴らしいお医者様です。とても勉強になりました」

「いやいや、私のほうこそ本当に素晴らしい機会を得られたよ。まだまだ聞きたいことがあるんだが時間は大丈夫かい？」

「今日は一日、休みを貰っていますので、先生のお時間が許すならば是非」

「私も急患がなければ、今日はお休みなんだ。奥様、そういうわけで今しばらく図書室をお借りしても？」

モーガン先生が私を振り返ります。

私は、窓際に置かれた柱時計を振り返り、首を横に振りました。

「少しだけ休憩をしませんか？　その後、またお勉強を再開されてはいかがですか？」

私の言葉に皆が時計に顔を向けました。

「ああ、もうお茶の時間か……有意義な時間はあっという間ですね」

アルマス様が驚いています。

「ここは飲食禁止ですから、別の部屋になってしまいますが休憩の仕度をしてあるのです。アルマス様、よろしければ旅のお話など聞かせて下さいませ」

「ええ、もちろんです」

「モーガン先生も一緒ですよ！　あ……でも、まずはヒューゴを起こさなくちゃ」

セドリックの隣で、ヒューゴ様はすやすやと気持ちよさそうに眠っています。

「ははっ、相変わらず気持ちよさそうですね」

モーガン先生が、くすくすと笑いながら言いました。アルマス様も「そうですね」と頷きながら、テーブルの上のお薬を片付けていました。

「先に行って仕度を整えておきますね」

私は、そう声を掛けて、ヒューゴ様をセドリックに任せて、エルサとアリアナと共に一足先にお茶の仕度へと席を立ったのでした。

お茶の仕度を整え終わると同時にセドリックたちがやって来ました。

円いテーブルを用意してもらったので、等間隔で座ってお茶とお菓子をお出しします。

今日はまた雪が降り出して冷え込んでいるので、最近私が好んでいるしょうがのはちみつ漬けを入れた紅茶を用意しました。お菓子は、チョコレートのケーキです。

「美味しい……しょうが入り、ですか？　体が内側から温まりますね」

「最近の私のお気に入りなのです。気に入っていただけて良かったです」

私はアルマス様が、美味しそうに紅茶を飲む姿にほっと胸を撫で下ろします。

アルマス様は、これまで旅してきた様々な国や地域のお話をたくさんして下さいました。

セドリックもヒューゴ様も、冒険譚を読んでいるみたいだと興奮しきりで、色々な質問を投げかけていました。

「アルマス様は、海も渡ったのですね」

「ええ。船で片道一カ月くらいでしたかねぇ……まあ、乗ってすぐは船酔いが酷くて何もできませんでした。後半は慣れて航海を楽しめましたが。今度は地上に降りたら、ずっと地面が揺れているようでしたよ」

「私、船は乗ったことがなくて……。ウィリアム様と老後に海を渡ってよその国に行ってみようとお約束しているのですが、大丈夫かしら」

「奥様やウィルが乗るなら、もっと素晴らしい船でしょうからさほど揺れませんよ。でも船旅なら、南のほうへ行くのをおすすめしますよ。北は寒いですからね。海の幸は北のほうが美味しかったですが」

「アルマス先生、南の海のお魚はとっても彩り豊かだって図鑑にあったんですが、本当ですか?」

セドリックが首を傾げます。

「そりゃあもう。そもそも海の中もサンゴ礁があって、たくさんの色が溢れかえっているんです。それはそれは賑やかなんですよ」

「わぁ……! 見てみたいね、ヒューゴ」

「うん! オレたちが学院に行って、もっと大きくなったらさ、二人で行ってみようぜ」

ヒューゴ様の提案にセドリックは「楽しそう!」と満面の笑みです。そのやり取りが可愛らしくて、私もモーガン先生もアルマス様も自然と笑顔になります。

不意にコンコン、とノックの音が聞こえて顔を上げます。

エルサがドアを開けると、アーサーさんが立っていました。

「奥様、マエリッタ様がいらして、確認したいことがあると」

「まあ、マリエッタ様が……」

お客様を放り出して行くわけにはいかず、少し困ってしまいます。するとアルマス様が「かまいませんよ」と言って下さいました。モーガン先生も優しく頷いてくれます。

「すみません、では、お通しして下さいませ」

「じゃあ、マリエッタはオレがお迎えに行ってあげる！」

「僕も行くー！」

夏の旅行で、マリエッタ様――つまりマリオ様ととても仲良くなったらしく、最近は彼が来ると二人は、嬉しそうにお出迎えするのです。

「では、お願いしますね」

二人は「はーい！」と元気な返事と共に椅子から降りて楽しそうにお迎えに行きます。

「……こんなことを言ったら、失礼かもしれませんが」

アルマス様がカップの中に視線を落としたまま口を開きました。

「セドリック様は、俺の弟に少し、似ています」

「そうなのですか？」

「ええ。見た目は似ていないですよ。弟はオレと同じ黒髪に水色の目ですから、でもなんというか……少し臆病なのですが、好奇心旺盛で無邪気なところが似ています。と言ってもあの子だって、生きていればもう二十二歳。無邪気は返上しているかもしれませんが」

そう言ってアルマス様は苦笑交じりに顔を上げました。

淡い水色の眼差しが、空っぽになったセドリックの席を寂しそうに見つめています。

私はなんと声を掛ければ良いか分からず戸惑っていると、アルマス様が「すみません、こんなこと」と困ったように頬を指で掻きました。

「あ、謝らないで下さいませ。私こそ、気が利かなくて……」

「そんなことはありませんよ。奥様ほど気の利く女性はなかなかお目にかかれません。正直、いくらモーガン先生に会えるとはいえ、こんな立派な屋敷に来るのは腰が引けていたのですが……奥様のお心配りのおかげで、こうして楽しむことができています」

「まあ……ありがとうございます。私もお客様をお義母様もなしにお迎えするのは初めてで、緊張していたのです。そう言っていただけて、嬉しいです」

何故かアルマス様は顔を赤くして「本当に、女神様みたいだな……」と小さく呟きました。私の後ろに何かあったかしら、と振り返ると壁際に控えるエルサと目が合って、微笑んでくれました。

「そ、そうだ……マリエッタ様というのは、ご友人ですか？」

アルマス様の問いに私は首を横に振ります。

「いえ、ウィリアム様のご友人です。ドレスのデザイナーさんで、私のドレスをよく作ってもらっているのです」

ふと、アルマス様は、マリオ様と面識があるのかしら、と首を傾げます。

戦争中のことを聞かれるのは、あまりお好きじゃない方が周りに多いので悩んだのですが、面識の有無くらいなら大丈夫かしらと判断します。ウィリアム様もそれくらいは教えてくれますので。

「アルマス様は……」

「はぁい、リリアーナ様！　あら、モーガン先生もいらしたのね、こんにちは」

ハスキーな声が部屋の中に飛び込んできます。

「こんにちは、マリエッタ嬢。今日も元気そうで何より」

モーガン先生がくすくすと笑いながら挨拶を返します。

今日のマリエッタ様は、ワインレッドのドレスを素敵に着こなしていますが、ヒューゴ様を左腕にぶら下げていました。

「次、僕もやって下さいね！」

セドリックが無邪気におねだりしていて、マリエッタ様は「いいわよー」と気前よく頷いて下さいました。

「ち、力持ちな方だね……」

アルマス様が驚きに目を白黒させています。

確かにドレス姿の綺麗なご婦人がお世辞にも小さいとは言えないヒューゴ様を腕からぶら下げているのは、驚きかもしれません。

マリエッタ様が、もう一人のお客様――アルマス様がいるのに気付いてセピア色の目を丸くしました。

「あら、アルマスじゃない」

「マリエッタ様もお知り合いなのですか？」

「ええ。ウィルから聞いてはいたけど、本当に王国に来ていたのね」

マリエッタ様が今度はセドリックを腕にぶら下げたまま、こちらにやって来ました。アルマス様は困惑気味にマリエッタ様を見つめています。

「あら、分からない？　んもう、しょうがないわね。セドリック様、一度、下ろしますね」

そう言ってマリエッタ様はセドリックを下ろすと、徐にウィッグを外しました。

「俺だよ、マリオ」

アルマス様は、口をぽかんと開けて呆然としていました。もしかしたら気絶しているのでは、と心配になるほど固まっていました。

ですが突然、アルマス様は立ち上がりました。椅子がガタン、と後ろに倒れます。

「う、嘘だろ⁉　あ、あ、あの、マリオ⁉」

驚愕に目を白黒させながらマリオ様を指差します。

マリエッタ様は、ウィッグをテーブルに置いて、ふふんと腕を組んで胸を張りました。

「美人だろ、俺」

「嘘だ！　仏頂面が標準装備で、ウィル以外には無愛想で、ぶっきらぼうで、ひねくれきった……あのマリオだなんて……！」

随分な言われようです。

私はマリエッタ様としてお会いする機会のほうが多いですし、マリオ様が無愛想だと感じたこともありませんでしたので、意外です。

「お前、失礼だなぁ。あれから何年経つと思ってんだよ。俺だって愛想の一つ二つ覚えるってーの。これでも接客業なんだからな」

「……接客業、デザイナー……騎士は、辞めたのか？」

アルマス様の問いにマリオ様は、握手を求めるように右手を彼に差し出しました。アルマス様が首を傾げながら握手をしました。

ぎゅうっとマリオ様が力を込めたのが見て取れますが、アルマス様は再び驚いて顔を上げました。

「これでも全力で握ってんだぜ。……怪我しちまって、剣が持てなくなって騎士を辞めた。それだけだ。よくあるつまらない話だろ」

マリオ様が、皮肉な笑みを唇の端っこに張り付けて、手を放しました。

「そうか……だが、マリオも生きていて良かったよ。旅先で出会った人が生きていることは、俺にとって嬉しいことだからさ」

そう言ってアルマス様は言葉通り嬉しそうに笑いました。マリオ様がちょっと照れているのか、それを隠そうとしてウィッグを被り直しました。

「それに私は今、大好きだったレースやリボン、ドレスにワンピース、そういうふわふわして綺麗なものに囲まれて幸せにやってんのよ」

ふふんと笑って、マリオ様はマリエッタ様に戻りました。

「ああ、そうだ。奥様に用があるんだろう？　俺はモーガン先生と図書室に戻るよ。まだ話し足りなくてね」

「相変わらず医学マニアなのねぇ」

「俺の唯一のものだからね。そういうわけで奥様、俺は先生と図書室に戻ります」

「分かりました。セディとヒューゴ様はどうしますか？」

「僕たちは、おやつの後はジャマルとお約束してるの」

「温室で珍しい植物を見せてもらう約束なんだ」

子どもたちはそう言って「ねー」と顔を見合わせました。

「では、俺たちは失礼します。マリオ、機会があれば酒でも飲もう」

「ええ、もちろん」

マリエッタ様が軽く手を挙げて返すと、アルマス様は会釈をして、モーガン先生と一緒にサロンを出て行きました。弟たちも温室に行くため部屋を出て行きました。

「リリアーナ様、差し支えなければお部屋に。少々、採寸が必要でして……」

マリエッタ様のお願いに私は「はい」と了承の返事をします。

よろしければ、どうぞと差し出されたマリエッタ様の手を取って、私は椅子から立ち上がり、エルサとアリアナも一緒にサロンを後にしたのでした。

幕間一 ―― 親友として、諜報員として

俺――マリオの差し出した手に乗せられた手は、俺の役に立たない右手でだって簡単に壊せそうなほど、細く華奢だった。

ウィリアムに内緒で来たのは、やはりアルマスの存在が気にかかったからだ。

リリアーナ様のドレスのことでってのも別に嘘じゃねえが、仕事が忙しい今は作ってる暇はないのが残念だ。

アルマスは、隣国の更に隣の国（どちらも同盟国だったのだ）でフォルティス皇国軍が悪あがきしていたのを鎮圧に向かった際に出会った。

皇国軍は後に引けない状況であるためか、想定しうる以上の抵抗を見せ、ウィリアムが率いていた部隊は、予想外に負傷者を抱えることになってしまった。

そこに手を差し伸べてくれたのが、アルマスだった。アルマスは、自分の持っていた薬や技術を惜しみなく使って、手当てをし、診療してくれた。

当時、優秀すぎるウィリアムは上司に疎まれていたので、物資がどうしてか届かないこともあって、その時も医療品はほとんどなかったのだ。正直、アルマスの助けがなかったらもっと被害は拡大していただろう。

俺だって、アルマスがお人好しで、大真面目だってことくらいは知っている。

でも、俺の仕事は疑うことだ。この国に、いや、ウィリアムや俺の大事な人たちに害を成そうとするやつを見つけ出して、騒ぎが起こる前に処理するのが俺の仕事なんだ。

表向き、俺はもう騎士ではない。だが、ウィリアムとアルフォンスの隣にいることの多かった俺は、諜報部隊に所属するには目立ちすぎている。他国に隠すのは難しい。最近は俺が優秀なばっかりにウィリアムにこき使わ……ではなく、重宝されているしな。

故に俺がまだ騎士団に籍を置いていること、マリエッタに扮していることなどは隠してはいるが、同時に我が国の隙を狙う他国の諜報員などにはバレていることだとも思う。

俺がアルマスを警戒するのは、アルマスが身を置いているタース医院が原因だ。

あそこは、長年、騎士団の諜報部が目を付けている場所だ。

医療関係の医師や看護師、薬師などの留学生を受け入れているため、とにかく他国の人間の出入りが激しい。

ほとんどの人間は、善良な留学生で我が国の医療を学んで母国に帰っているが、時折、諜報員や工作員が紛れ込んでいることがあった。

だが、それらを捕まえたとしてもタース医院そのものはこれまでお咎め無しで済んでいる。これといった証拠がないからだ。

だから、アルマスだって諜報員の可能性がないわけじゃない。俺はその僅かな可能性を判じる必要があるのだ。

俺の格好を見た時の様子で何か分かるかと思ったんだが、まさかあそこまで驚かれるとは、ちょっと想定外だ。俺の正体を知っていたけどあまりの変化に驚いたのか、本当に知らなくて驚いたのか、あれじゃ分からねえ。くそ、忙しい合間を縫って来たのによ。

そうしてあれこれ悩んでいる間に、リリアーナ様の部屋に着いていた。

「申し訳ありません、マリオ様……私が至らないばかりに……」

そして、何故かリリアーナ様が落ち込んでいた。

待て、エルサ、待ってくれ。俺は何もしてないだろ、とリリアーナ様の向こうで俺を射殺さんばかりに睨む侍女に目で訴える。

「ど、どうしたんです、リリアーナ様」

情けないことに動揺が隠せず、マリエッタではなく、マリオが出てきてしまった。

リリアーナ様は俺の手を放し、鳩尾辺りをぎゅっと握り締めた。それはリリアーナ様が不安を感じている時の癖だ。

「……ウィリアム様に頼まれたのでしょう？　今、ドレスは頼んでいないはずですもの。大切なお客様をきちんとおもてなしできているか心配だったのでしょうか。……私が頼りないばかりに……」

最初、何を言っているか分からなかったが、俺の優秀な脳みそは頑張った。

今現在、ウィリアムがヘタレなせいで、どうもリリアーナ様とぎくしゃくしているらしいというのは、そこのエルサやウィリアム本人から聞いている。

どうやらリリアーナ様は、アルマスを彼女がきちんともてなせているか、心配したウィリアムに様子を見てこいと言われ、俺が来たと思っているようだ。

俺は「まさか、違いますよ！」と全力で首を横に振った。

「ですが、マリオ様、難しい顔をしています。何か至らぬ点があったでしょうか……」

リリアーナ様が泣きそうな顔で俺を見上げる。

「ないです、何も！　そもそもウィリアムには俺が今日、ここに来ることは言ってませんん」

リリアーナ様は俺が思っている以上に他人の感情の機微に敏いようだ。俺の表情なんてほとんど変わっていなかったはずだが、色々と悩んでいるのが伝わってしまったようだ。

でも、確かにリリアーナ様は俺がマリエッタの格好をしていても、マリオの時はちゃんとマリオとして接してくれて、その逆もそうだ。俺の切り替えを間違えたことがない。

「ドレスは確かに公式に頼まれているものはありませんが、ちょっと思い付きで試したいことがあって、俺の個人的な訪問です」

「そうなの、ですか？」

「ええ。むしろ、俺が勝手にここに来て、こうしてリリアーナ様に会ってるのがバレたらヤキモチを妬かれるぐらいの話ですよ」

俺の言葉にリリアーナ様は自分を納得させようと頑張っているように見えた。

俺はアルフォンスと違って、人を慰めるなんて芸当は得意じゃないのだ。

きっとリリアーナ様は、ウィリアムが怪我をしたのに、自分を頼ってくれなかったのは、自分が頼りないからだとか思っているんだろうな。優しい人だから。

「私ったら変に誤解をしてしまって申し訳ありません……ウィリアム様と少し、あの、喧嘩ではないのですが、ちょっと色々とありまして」

「そうですか。仲が良いのに珍し……いや、仲が良いからこそですね」

俺の言葉にリリアーナ様は、ぱちりと長いまつ毛を揺らした。

「愛情の反対は無関心。だから、悩むってことは、相手を愛しているってことです」

「そう、でしょうか」

「そうですよ。現に俺の父は騎士じゃなくなった俺に無関心ですからね。――まあ、そのほうが面倒がなくていいですけどね」

困った顔をさせてしまったので、そう付け加えるとリリアーナ様は、少しだけ肩の力を緩めてくれた。笑い飛ばしてくれればいいのに、優しいなぁ、としみじみ思う。

「本当はお父様に相談したかったのですが……残念なことにお父様はお仕事で領地のほう

にいらっしゃるようで、この雪の中お手紙を届けてもらうのは憚られて……困っていたのです。マリオ様は、騎士様の心がよく分かると思うのです。もし、嫌でなければちょっとだけ聞きたいことがあるのですが」

俺が「いくらでも」と笑うとリリアーナ様は、今度こそ、安心したように力を抜いた。

「ウィリアム様が先日、女性に石を投げられて怪我をしたのはご存じですか？」

俺が頷くとリリアーナ様が先を続ける。

「それで、その際、帰って来た時にその怪我をウィリアム様は隠していて、私が無理に詰め寄ったものですから、あれから、ちょっと避けられているのです。その女性は昔、ウィリアム様の部下だった方のご遺族だそうで……きっと、ウィリアム様は、こめかみではなく、心に大きな傷を負ったのでは、と後になって気付いたのです。私はそれを知らずに意地の悪いことを言ってしまったのです。ウィリアム様に避けられても致し方ありません」

一段落したらウィリアムを殴ろうと俺は、泣きそうな顔で尋ねてくるリリアーナ様に誓った。泣かすなよ、こんなに健気で可愛い奥さんを。

「……ウィリアムは、英雄になってから仕事に関してはなんだろうな、書類の多さにはよく弱音を吐いてるんだけど……そうじゃなくて、こう、騎士として、国の英雄としての本質的な部分では弱音を吐かないんです」

星色の綺麗な瞳がじっと俺を見つめている。

「ウィリアムが、英雄としてあることでこの国やその周辺はこうして平和を保っている。それが揺らぐことのないようにウィリアムは立っている。それってすごく大変なことだって俺は思うんです。俺じゃそんな真似はできない」

俺は首を横に振って苦笑を零す。

「それで本質的なことに関する弱い部分を曝け出すのが、怖かったんだと思います。大事なものが揺らいでしまいそうだったから……だってリリアーナ様は、ウィリアムが唯一全てを預けて安心できる人ですからね」

リリアーナ様は、自分の左手の薬指の指輪を撫でた。そうだよ、そこにウィリアムからの愛情も信頼も全てがあるんだぜ、と俺は心の中で告げる。

「俺は未婚で妻も子もいないから、正直、騎士の妻の心得は分からないですけど、案外、騎士って弱虫なんですよ。その弱虫にどう寄り添うか、考えてみれば答えは見つかるかもしれませんよ」

俺の言葉が予想外だったんだろう。リリアーナ様は、目を丸くしている。

「弱虫、なのですか？　マリオ様も？」

「そりゃあ、もう。でも、強いだけじゃだめなんです。弱虫でいいんですよ。弱虫じゃないと守れないものが、気付けないものがたくさんある。……だから、弱虫でいいんですよ」

リリアーナ様は「弱虫……」とぽつりと呟いて、また指輪に視線を落とした。

何かを考えているのだろう。俺は、そのつむじを見ながら時を待つ。すごいな、つむじも可愛いな。

「……なんだか、少しだけ分かったような気がします。ありがとうございます、マリオ様」

リリアーナ様は、先ほどよりは明るい顔で小さく笑ってくれた。俺はそのことに盛大にほっとする。

「お力になれて良かったです。……では、ドレスの話をいたしましょう」

「はい、マリエッタ様」

笑った俺にリリアーナ様も楽しそうな笑みを浮かべてくれた。

やっぱり、彼女は間違えない。

「実は、とても貴重な飾りボタンを入手しましたの」

ドレスの話に切り替えれば、控えていた侍女たちがすぐさま近寄って来る。

これから俺の仕事は大変さだけを増すだろう。だから今日はちょっとだけ。元気とやる気と活力の補充のため、ほんのちょっとだけ英雄の寵愛を受ける女神様の力を借りるのだ。

俺は、そう心に決めてこの僅かばかりの楽しい時間を満喫するのだった。

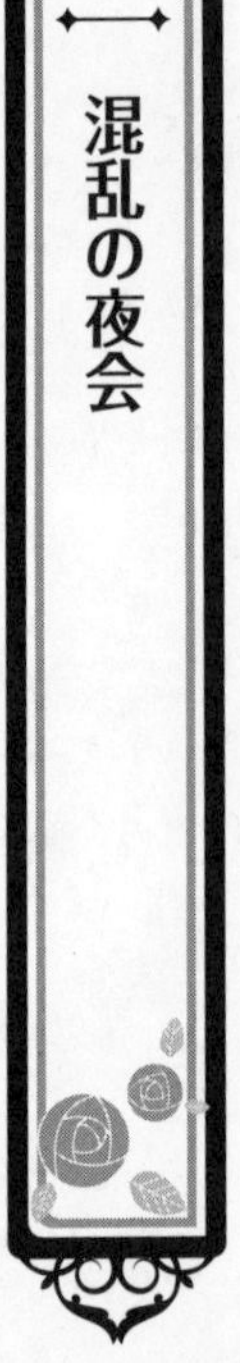

第三章 ― 混乱の夜会

「姉様、これ義兄様も読みたがっていた本なの。入手できたよって、お手紙を書いてもいいかな」

「ええ。きっと喜ばれますよ。でも、ウィリアム様は今、とてもお忙しいようですから無理にお返事を欲しがってはいけませんよ」

うん、と素直に頷いた聞き分けの良い弟の頭を優しく撫でます。

今、私たちがいるのは王都のとある本屋さんです。品揃えがとてもいいので、私たちのお気に入りのお店です。

最近のセドリックは、とにかく色々なことに興味があるようで、様々な種類の本を読んでいます。セドリックを可愛がって下さっているガウェイン様がそれを特に喜んで、この書店でのセドリックの買い物の代金は、ガウェイン様が払って下さるので、後日、フックスベルガー公爵家に請求されるようになっているのです。

「お義姉様、オレはこれにします！」

そう言って、ヒューゴ様は隣国の歴史書を数冊ほど持ってきました。ヒューゴ様は、自国だけでなく他国の歴史を学ぶのも好きなのだそうです。

「オレもお兄様にお手紙書こー！」

ご機嫌な足取りで、ヒューゴ様は抱えていた本を店員さんに渡しに行きます。

ちなみにヒューゴ様と私の本代は、もちろん侯爵家に請求されますが、私とヒューゴ様の分を足しても、セドリックの読書量には最近、気圧され気味です。

「先に馬車に載せてきますね！」

そう言ってアリアナが、専用の袋に詰められたたくさんの本をひょいひょいと両肩に担いで持って行ってくれます。相変わらずアリアナは力持ちで、感心します。

「お義姉様、もし良かったら、オレ、いつもの雑貨屋さんに行きたいな」

ヒューゴ様が甘えるように私を見上げます。ついつい甘やかしてしまう私は「ええ」と頷きました。ヒューゴ様が「やったぁ」と顔を綻ばせました。

「すぐ近くですから、歩いて行きましょう」

エルサが難色を示しかけましたが、私は笑顔で「大丈夫ですよ」と頷きました。雑貨屋さんはこの本屋さんの三軒隣なのです。

「……でしたら、防寒をきっちりとして下さいませ」

エルサは折れてくれましたが、私にマフラーを巻いて帽子を被せ、手袋をはめました。

今日ももこもこで、ぽかぽかします。

「じゃあ、姉様、お手をどうぞ」

すっと差し出されたセドリックの手に、お礼を言って自分の手を重ねます。

書店の皆さんに挨拶をして、お店を出ます。今日も王都はどこもかしこも真っ白です。

「オレが先頭を歩いて、安全を確保するね！」

そう言ってヒューゴ様が歩き出し、私たちもその背に続きます。エルサと戻って来たアリアナ、そして私の護衛騎士のジュリア様が後についてきます。

ウィリアム様は、ここのところなんだかお忙しいようで、ゆっくり過ごす暇がないのです。

私たちの間にある問題は、未解決のまま時間だけが過ぎてしまっています。それが良くないことだと分かっていますが、ウィリアム様のお仕事を邪魔したくはありません。

ウィリアム様は、せめて朝食だけは共にと無理をして帰って来て下さっています。ですが、皆がいる朝食の席で大事なお話はできませんので、当たり障りのないお話をするだけに留まっています。

そしてやっぱり、私は『行ってらっしゃいのキス』をすることができないのです。

私の大好きな青い瞳は、最近ではなかなか私を映しては下さらなくて、臆病な私はキスをするために背伸びもできないのです。

マリオ様にご相談した際に頂いたアドバイスは、胸にしっかりと留まっていますが、考えれば考えるほど、難しい問題に思えて言葉が出てこないのです。

戦争に関することにウィリアム様は私に関わってほしくない。でも、踏み込まなければ何も解決しないのに踏み込まれることを彼が望んでいない、と思考は堂々巡りです。ですがついこの間まで、私はウィリアム様の心がすぐ隣にあるように感じていました。

今は、どこにあるのか分からない――いえ、正確にはきっと二人の間に引かれたカーテンの向こうに隠れてしまって、何を想っているのか、感じているのかが分からないのです。

私自身の不甲斐なさに、落ち込んでしまいます。

はぁ、と弟たちに気付かれないようにマフラーの中にため息を忍ばせました。

「ん？　あの人……どうしたんだろ」

その人に真っ先に気付いたのは、セドリックでした。

雑貨屋さんの隣のお店の軒先にある花壇の縁に、貴族の女性が座り込んでしまっていました。すぐ傍にアリアナより幼いだろう少女がいて、おろおろしています。

周囲の人々も女性に気付いているようですが、相手が貴族であるため声を掛けるのをためらっているようです。

「ジュリア様」

私は後ろを振り返ります。

「……放ってはおけませんね」

そう言って、ジュリア様が頷くとまずエルサが近寄りました。

「どうされました？」

エルサが声を掛けると少女が顔を上げます。

「お、お嬢様の具合が突然悪くなって……私はまだ、み、見習いで、あの、ちゃんとした侍女がお医者様を呼びに……っ」

見習いの侍女と思しき少女は主の不調に随分と動揺しているようでした。

私はふと、花壇の縁に座り込む女性が夜会やお茶会で何度かお会いしたことのあるご令嬢だと気が付きました。

「もしや、アデル様でしょうか？」

私が声を掛けると、ハンカチで口元を押さえていた女性は顔を上げました。

「……り、りりあーなさま」

「大丈夫です、無理に喋らないで下さいまし」

やはり彼女は、ベルトラン侯爵家のアデル様でした。私より二つ年下で、彼女も今年、社交界にデビューしたばかりのご令嬢です。

「アリアナ、ここでは体が冷えるだけですからアデル様を私の馬車に」

力持ちのアリアナが「はい！」と返事をして、アデル様をひょいと抱え上げて、のんびり並走してくれていた私たちの馬車に乗せました。

　アデル様は、馬車の座席に横になってぐったりしてしまっています。

「リリアーナ！　セディ！　ヒューゴ！」

　不意に聞こえるはずのない声が聞こえて、私たちがきょろきょろと辺りを見回すと、反対側の通りに停まった騎士団の馬車から、ウィリアム様が降りてきて、道を渡ってやって来ました。護衛なのか、数人の騎士様が馬に跨り、馬車の横にいました。

「どうした？　先ほど、女性を馬車に運んでいただろう？」

　ウィリアム様が心配そうに首を傾げます。

「ベルトラン侯爵家のアデル様が具合が悪くなってしまったそうで、ここにうずくまっておられたのです」

　私が説明するとウィリアム様が馬車の中を覗き込みます。

「アデル様の侍女がお医者様を呼びに行っているようなのですが……」

　どうしてここにいらっしゃるのですか、と聞きたいのですが、お仕事中では迷惑でしょうかと悩んでいるとヒューゴ様が「お兄様は何でいるの？」と首を傾げました。

「今日は近くで退役騎士の方々と会食があったんだ。第一線は退かれているが、人生の先輩方のお話を聞くのは、大事なんだよ」

　そう言って、ウィリアム様は「へぇ」と頷くヒューゴ様の頭を撫でました。

「でもそうか、アデル嬢なら……ちょっと失礼」

そう言って、ウィリアム様は再び騎士団の馬車に戻られました。そしてすぐに大柄な老紳士と共にこちらへ戻って来ました。

「ベルトラン卿……！」

ウィリアム様と共にやって来たのは、元ベルトラン侯爵で、アデル様のおじい様でした。ベルトラン卿は、退役騎士様でウィリアム様がお世話になった方のお一人です。私も何度か夜会でお会いしたことがあります。

「アデル！」

ベルトラン卿は、大慌てで馬車の中を覗き込みました。おじい様の姿にアデル様がほんの少し表情を緩めたのが分かります。

「ああ、可哀想に。いったいどうしたんだい？　ナナがいないようだが……」

ベルトラン卿は、馬車に乗り込みアデル様の様子を窺います。ナナとはここにはいない侍女さんのことでしょうか。

「ナナは今、お医者様を呼びに行っています……っ」

見習いの侍女さんが答えます。

隣でウィリアム様が「ここからだと……」と小さく呟きました。どうしたのか、と私が顔を上げると同時に「こちらです！」と女性の声が聞こえて、顔を向ければ侍女と思しき女性と白衣の男性が二人、こちらへと走って来ました。

「やっぱり」

ウィリアム様が呟きました。

なんと白衣の男性はアルマス様で、もう一人は孤児院でちょっとだけお会いした、確か薬師だというカシム様でした。

「アデルお嬢様、お医者様をお連れ……大旦那様！」

侍女さんが目を白黒させて驚きをあらわにします。

「どこの医者を連れて来たんだ？　わしの可愛いアデルを診せるに相応しい医者か？」

ベルトラン卿が矢継ぎ早に尋ねます。

孫が男ばかりの中、ただ一人の可愛い末の孫娘をベルトラン卿が溺愛しているのは社交界では有名な話です。殺気立つのも致し方ないのかもしれませんが、アデル様の顔は真っ青なままですので、どうにかしないといけません。

アルマス様も困ったように立ち尽くしています。

「ベルトラン卿、彼はアルマス。私の旧知の友で、優秀な医者です。私の家のモーガンも彼を立派な医者だと褒めちぎるほどなのですよ」

「モーガンが？　それに君の友人だというのか……」

「ええ。戦時中、彼には私の部下の命をたくさん救ってもらいました。彼の身元と技術は私が保証します」

ウィリアム様が真っ直ぐにベルトラン卿を見据えて言いきると、ベルトラン卿はようやく納得してくれたようでした。

座席のほうへ腰かけて場所を譲り、アルマス様が馬車に乗り込みました。狭いので、カシム様は入り口で待機です。

アルマス様はアデル様や侍女さんたちに話を聞きながら、診察を始めます。

大丈夫かしら、と心配しながら私も馬車を見つめます。

しばらくして、カシム様が背負っていた木製の薬箱から、アルマス様の指示を受けてお薬を取り出します。「水はありますか」と問われて、エルサが「水筒に白湯がございます」と座席の下の荷物入れから、水筒を取り出して渡しました。

侍女さんがアルマス様の指示に従って、薬を飲ませます。

「熱もありませんし、喉に腫れも見当たりません。胃が痛いとのことなので、この寒さで体が冷えてしまったのでしょう。暖かくして、休むことが何よりの治療となります。すぐに家に帰って休んで下さい」

アルマス様がそう告げると、ベルトラン卿は安堵に胸を撫で下ろしていました。

ですが、アデル様は近くのカフェでご友人と会う約束をしていたので、馬車は既に家に帰ってしまったそうです。

「でしたら、私の馬車をどうぞお使い下さいませ」

「だが、侯爵夫人……この寒い中、体の弱い侯爵夫人を置いて行くわけには……」

　ベルトラン卿が首を横に振りました。するとウィリアム様が私の腰を抱き寄せます。

「ご心配、ありがとうございます。妻と弟たちは騎士団の馬車で私が家まで送ります。今は一刻も早く、アデル嬢を休ませて差し上げて下さい」

　ウィリアム様が加勢して下さったおかげで、ベルトラン卿は「ありがとう、甘えさせてもらおう」と頷いて下さいました。

「アルマス先生とカシム先生だったかな……先ほど酷い態度をとってしまってすまなかった。ウィリアム君の友人だそうだね」

　アルマス様が「光栄なことに、そう言っていただけています」と謙虚なお返事をしました。ベルトラン卿は礼儀を重んじる方でもありますので、その答えが気に入ったようでした。

「そうだ。何か褒美を贈らせてくれ。治療代や薬代は別に払うが、何でもいいぞ」

　ベルトラン卿の申し出にアルマス様は慌てて首を横に振りました。

「まさか、頂けません。医者として当然のことをしたまでです。治療代と薬代を頂ければ、それで充分で」

「でしたら、閣下、俺は一度、貴族様のパーティーに出てみたいです」

「カシムさん！」

ずずい、と前に出てきたカシム様にアルマス様が顔を蒼くします。

ですが、ベルトラン卿は気分を害した様子もなく「だったら」と口を開きます。

「近く、わしの誕生日を祝う夜会を開く予定だ。そこでどうだろう？　君たちはウィリアム君の知り合いだそうだし、何よりウィリアム君も来る予定だからね」

「是非！」

「カシムさん！　そんな図々しい……っ！」

首を横に振るアルマス様の肩に腕を回して、カシム様が何事かをひそひそと耳打ちしました。するとアルマス様は、少しの間を置いて首を縦に振りました。

「そうそう、人の厚意は無駄にしちゃいけないんだ」

カシム様はカラカラと笑って、アルマス様の肩を叩いて離れました。

「……閣下、本当によろしいのですか？」

「ああ。かまわん。追って詳細はウィリアム君に伝えておこう。ウィリアム君、折角の誘いだったのにすまないが、今日はここで失礼させてもらうよ」

「お気になさらず。アデル嬢が一日も早く回復することを祈っております」

「アデル様、お大事になさって下さいね」

ウィリアム様と私が声を掛けるとアデル様は、弱々しくも頷いてくれました。心なしか先ほどより顔色が良くなっているように見えました。

「侯爵夫人、ありがたく馬車をお借りいたしますぞ。では、失礼」

　馬車のドアが閉まり、御者さんにウィリアム様が声を掛けると馬車はゆっくりと動き出しました。

「カシムさーん！　お薬！　大至急！」

　ほっと息をついたところで白衣を着た男性がこちらに向かって叫びました。カシム様が「すぐ行くよ！」と返事をして薬箱を背負い直します。

「すみません。呼ばれたんで、失礼します」

　にこっと笑って頭を下げると、カシム様は呼びに来た方のもとへ走って行きました。

　アルマス様が、その背を見つめながら小さくため息を零します。

「……貴族のパーティーなんて、場違いにもほどがあるのに……」

「まあまあ。不安なら私かリリアーナの傍にいて、美味しい料理を食べて過ごせばいい」

　アルマス様が「ありがとう、ウィリアム」と力なく微笑みました。

　ですが、ゆっくり話している暇はないようで、またも「アルマス先生、急患でーす！」という声に呼ばれて、アルマス様も「じゃあまた！」と慌てて走って行ってしまいました。お医者様は大忙しです。

「フレデリック、馬車をこちらに回すよう、伝えてくれ」

　アルマス様の姿が見えなくなってから、ウィリアム様が口を開きました。フレデリックさんが「かしこまりました」と返事をし、騎士団の馬車へと戻って行きます。

「姉様、大丈夫？　寒い？　手が震えてるよ？」

セドリックが心配そうに言いました。

「少し、冷えてしまったのかもしれません。でも、大丈夫ですよ」

こんなに長く冬の日に外にいたのは初めてです。もこもこに着ぶくれしているはずの私ですが、指先から冷えてきてしまっていました。

「お義姉様、雑貨屋はまた今度にして、今日はもう帰りましょう」

「でも……」

「でもじゃないよ、リリアーナ。寝込んだら大変だ。今日はもう帰りなさい」

青い瞳が久しぶりに私を映してくれましたが、久しぶりすぎてなんだかいつもより険しいように感じられました。

「そ、そうですよね……寝込んだら迷惑をかけてしまいますもの。申し訳ありません」

心優しいウィリアム様は、いつも私の体調を気にかけて下さいます。私が寝込めば、自分のことのように心配して下さいます。

ここで寝込んでもし気が散ってお仕事に支障が出てしまうなんてことになったら大変です。ウィリアム様は、優秀な騎士様ですから、そんなことはないかもしれませんが、人間に絶対なんてないのです。

「め、迷惑なんてことはない。ただ、その心配で……」

「心配ばかりおかけして、申し訳ありません」

こうして心配ばかりかけてしまう私がウィリアム様の怪我の心配をするなんておこがましかったのかもしれないと、今更気付きました。

「……旦那様、大変、申し上げにくいのですが時間が大幅に押しております。奥様方は私がジュリア騎士と共に責任を持って送り届けますので、旦那様は私の馬で先にお戻り下さい。今日は護衛がたくさんいるので、私が傍におらずとも大丈夫でしょう」

フレデリックさんが懐中時計を見ながら言いました。

「……ああ、分かった」

「さあ、奥様、馬車が参りました。すぐにお乗り下さいませ」

心配ですと顔にありありと浮かび上がらせながら、エルサが私を促します。セドリックが先に乗り込み、私に手を貸してくれました。

「……ウィリアム様、失礼いたします。お仕事……あまり無理なさらないで下さいませ」

申し訳なくてウィリアム様の顔を見られないまま、私は逃げるように馬車に乗り込みました。ヒューゴ様とエルサとアリアナが続いて乗り込み、ドアが閉められます。

「姉様、大丈夫？」

隣に座るセドリックが心配そうに私の顔を覗き込んで尋ねてきます。私は手袋を外して、弟の冷えた頬を撫で、なんとか微笑みを返すことしかできなかったのでした。

あれから早いもので二週間が経って、今夜はいよいよベルトラン卿のお誕生日を祝う夜会が開かれる日です。

ベルトラン卿は既に侯爵位を息子さんに譲っておられますが、このお誕生日の夜会だけは、ベルトラン卿が主催で、毎年執り行われているそうです。

夜会となると、私は朝から侍女たちによって、全身を磨き上げられて準備をすることになります。今日も朝食後から、エルサとアリアナを筆頭に他のメイドさんたちまでやって来て、準備が始まりました。

ウィリアム様も昼過ぎには仕度のために戻られたようですが、いつもながら夜会前はお出迎えどころか挨拶に行く暇さえありません。

今日のドレスは、ポートレート・ネックにフレンチスリーブのマーメイドラインのドレスです。色は綺麗なターコイズグリーン。いつも柔らかいピンクや淡いブルーなどが多いので、初めて着る色です。

出席の返事は秋に出してありますので、ドレスも秋の間にマリエッタ様に依頼して作っていただいたのです。

「奥様、アクセサリーをお持ちしました」

エルサが宝石箱を持って来て、私が座るソファの前のローテーブルに置きました。私の目の前で鍵が開けられ、キラキラと輝く宝石が姿を現します。

今日の夜会は、肘上の黒いレースの手袋をはめるので、指輪はシンプルな結婚指輪だけを手袋の下にはめていきます。その代わりイヤリング、髪飾り、ネックレスは派手になりすぎないように、しかし、華美なデザインのものを選びます。

「……なんだか、いつの間にか増えましたね……」

ウィリアム様から初めて頂いたサファイアのネックレスしかなかった宝石箱は、母方のおばあ様から受け継いだもの、ウィリアム様が贈って下さったもの、お義母様が譲って下さったもの、と色々あるのですが、一番多いのは多分、ガウェイン様から頂いたものです。私を娘のように可愛がって下さるガウェイン様は、とにかく私に甘いのです。

「お祝いの席だから、おばあ様から譲り受けた真珠の髪飾りに……」

私は誰かのお誕生日祝いや何かのお祝いには、必ずこの真珠の髪飾りを身に着けていくことにしているのです。

「今夜は真珠で揃えてはいかがですか？　光り輝くわけではありませんが、真珠はお祝いにぴったりですし、控えめながら美しい独自の輝きを放つ様は、奥様にぴったりです」

エルサの提案に「なら、そうします」と頷いて、ウィリアム様が贈って下さった真珠のネックレスとイヤリングを取り出します。

イヤリングは自分で身に着け、ネックレスはエルサに着けてもらいます。

どちらも新婚旅行から帰った際にウィリアム様が贈って下さったものです。忙しかったはずなのに、いつの間にか私への内緒のプレゼントを用意して下さっていたのです。

「髪を結い上げるのも、首元に布がないのも久しぶりで、なんだかすーすーします」

「風邪をぶり返しては大変です。ささ、お立ち下さい、すぐにこれを」

襟元にたっぷりのファーがついたコートを着せられます。

「会場内は暖かいでしょうけれど……万が一、寒かったら、旦那様の上着を剝ぎ取……ごほん、お借りするようにして下さいね」

「まあ、エルサったら、ふふっ」

相変わらずエルサは冗談が上手です。

「奥様、笑っている場合じゃありません。先日、あの寒い中、長時間外にいたせいで五日も寝込んだじゃありませんか」

痛いところを突かれて、私は押し黙ります。

アデル様をお見送りした後すっかり冷えてしまった私は、その晩に熱を出しました。その上、寒さと乾燥で喉をやられてしまったのか、五日も寝込む羽目になり、声が戻るまで更に三日ほどかかったのです。

ウィリアム様は、何度か仕事の合間にお見舞いに来てくれましたが、声が出ない私は首を横に振るか縦に振るかしかできませんでした。

「……寝込んでみて、いえ、いつも寝込んでいますけれど……なんだか今回はウィリアム様に弱っている姿を見られたくないと思ったのです」

私の言葉に宝石箱を片付けようとしていたエルサが手を止めました。

アリアナが心配そうに私を見つめています。

「心配をかけたくない、と思うのと同時に……今の私は、心が弱っていて、泣き言を言ってしまいそうで、見ないでほしいとそう思ったのです。あの時のウィリアム様も、こんな気持ちだったのでしょうか」

「それは……本人以外には分かりかねますが、そういう気持ちもあったのかもしれません」

「……弱いことは、ウィリアム様にとって隠したいことなのかしら」

エルサとアリアナは、心配そうな顔で私を見つめていました。

ウィリアム様からの愛を疑うことはしません。でも、彼の心が見えなくて、カーテンを開ける勇気もないくせに、私はそれが寂しいのです。

目を閉じて、深呼吸をします。今は夜会に集中しなければいけません。

「そろそろ時間ですね。下に参りましょう」

はい、と頷いたエルサとアリアナと共に私は部屋の外へ出ます。広いお屋敷の廊下は、ひんやりとしています。

「姉様、お仕度できたー？」

丁度のタイミングでセドリックがやって来ました。

「ええ、いつもありがとうございます」

セドリックは「僕は姉様の弟だからね！」と言って私をエスコートして下さいます。

夜会に出る際は、これでもかとめかし込むのですが、そうするとウィリアム様が「こんなに美しい妻を他の男に見せたくない」と私の部屋で何故か嘆き始めるので、ウィリアム様は随分前にお迎えをお義母様に禁止されたのです。代わりにセドリックがこうして私をエントランスまでいつもエスコートしてくれるのです。

ウィリアム様は、既にエントランスでお待ちでした。ヒューゴ様と何かお話ししているようでしたが、私に気付いて顔を上げます。

ウィリアム様は、黒を基調とした衣装ですが、襟や袖の折り返し部分、ネクタイなどが私のドレスと同じターコイズグリーンです。ウィリアム様の衣装もマリエッタ様がデザインして下さったものなのです。

「お待たせいたしました」

「私も先ほど降りて来たところだよ。セディ、いつもありがとう。ここからは私が責任を持ってエスコートするよ」

セドリックの手から私の手を受け取り、ウィリアム様が告げるとセドリックが「お願いします」と言って下がりました。

「では、行ってくる」

ウィリアム様と共に弟たちと使用人の皆さんに見送られて、エントランスを出て馬車に乗り込みます。

ドアが閉められ、ウィリアム様が合図を出せば、馬車はゆっくりと走り出しました。

門を出る頃、ウィリアム様が口を開きました。

「……その、体調はどうだ？」

「もう、大丈夫です。ご心配をおかけしました」

「いや、心配するのは当たり前だよ。君は私の大事な妻なんだから……それに、なかなかゆっくりとした時間がとれなくて、すまない。寝込んでいる時も、顔を見に行くくらいしかできなかった」

ウィリアム様が申し訳なさそうに頭を下げました。私は慌てて首を横に振ります。

「ウィリアム様がお忙しいのは、承知しております。いつだって平和のために頑張って下さっているのですから、どうか謝らないで下さいませ」

おそるおそる、私は膝の上で握り締められていたウィリアム様の手に、自分の手を重ねました。その手は逃げることなく、そこにいてくれました。

「……お仕事、お忙しいのですね」

お疲れの滲む目元に指を伸ばします。馬車の中、というのもありますがこの間のように触れることを避けられなかったという事実に、私は安堵します。

「……その、本当にすまない。君に色々と気を遣わせてしまってばかりで、私はもっとしっかりしなければならないな」

「ウィリアム様、何か、ありましたか？」

なんだかいつもと様子の違うウィリアム様に私は心配で、首を傾げます。

ウィリアム様は、何かを言おうとして、けれど一瞬でその言葉を呑み込んで、首を横に振りました。

「書類がいくつも私のデスクで山を作っているから、いい加減、嫌になってきてしまったんだよ。この雪では、息抜きの鍛錬や遠乗りもなかなか難しいしね」

誤魔化されたのは分かりましたが、ウィリアム様が何を誤魔化したかったのかまでは分かりませんでした。

二人の間に引かれたカーテンがひらひらと揺れているような気がしました。揺れるカーテンは、僅かにその向こう側を見せてくれます。

その向こうで、ウィリアム様がどんな表情をしているのか、何を想っているのか、今の私には何も分からなくて、歯がゆいです。

「そういえば、アルマスは大丈夫だろうか」

ウィリアム様が、窓の外へ顔を向けました。外は雪が飽きることなく降っています。

「……緊張していらっしゃるかもしれませんね」

結局、何も言えないまま私はその話にのっかるのを選びました。

そうして当たり障りのないお話をしている間に、馬車はベルトラン侯爵家に到着し、私はコートを脱いで、ウィリアム様の手を借りて馬車を降りたのでした。

会場は賑やかで、エルサが懸念していた寒さとは無縁の暖かさに包まれていました。

私たちは、まず本日の主役であるベルトラン卿のところへ行き、挨拶をします。

ウィリアム様が私が用意しておいた誕生日のプレゼントを渡します。

それは流れるようにベルトラン卿から使用人さんの手に渡り、運ばれていきます。この招待客の数ですから、中身の確認やお礼状の用意まで、大変そうです。

「ウィリアム君、それに侯爵夫人、ようこそ来てくれたね。それと先日は本当にありがとう。おかげでアデルもすぐに良くなったよ」

「リリアーナ様、本当にありがとうございました」

ベルトラン卿の横で、アデル様が元気そうなお姿を見せて下さいました。

「アデル様がお元気になられて本当に良かったです」

「ウィリアム君の友人も既に到着している。随分と緊張している様子だったから気にかけてあげてくれ」

「分かりました、お心配り、ありがとうございます。では、私たちは失礼いたします」

「ああ。楽しんでくれたまえよ」

私たちは一礼して、次の方に場所を譲り、その場を離れます。

「まずは、アルマスを探そうか」

「はい。……ええと……」

私とウィリアム様は広い会場内を、時折、知り合いの方にお会いして挨拶をしながらアルマス様を探します。

「おや、スプリングフィールド侯爵様」

ふらり、と現れたのはカシム様でした。

まるで貴族のような出で立ちで、これまでの薬師の姿と全く異なり、一瞬、誰か分かりませんでした。

「こんばんは、楽しんでいるかい？」

「ええ、そりゃあもう。美容に関するものを持ち込む許可を閣下に頂きまして、ご婦人におすすめしているんですよ。侯爵夫人もお一つ、いかがですか？　唇が潤いますよ」

　手のひらサイズの可愛らしい陶器の器が差し出されます。

「すまない。妻の化粧品は侍女の監視下にあるものしか使わないようにしているんだ。

妻は肌も繊細でね」

　ウィリアム様が申し訳なさそうに断りを入れます。私も「すみません」とお詫びを口に
しました。

　お肌に合わないとすぐ荒れてしまうので、私のお肌管理に並々ならぬ情熱を持つエルサ
の審査を通った物でなければ、化粧品は使えないのです。

「ありゃ、それは残念。でしたら一度、うちの医院で診断を受けてみて下さい。主に俺が
やっている美容専門の診断で、お肌や髪のお悩みに最適な治療法をご用意しております。

最近、徐々に噂が広まってご婦人に人気が出てきたんですよ」

「まあ、そうなのですね。機会がありましたら是非」

「侯爵夫人はアルマスの友人だからお安くしておきますからね。ではでは、俺はこれで。

まだまだ商売しないといけませんから！」

　そう言ってカシム様は、軽やかに去って行こうとします。ウィリアム様が「あ、待って
くれ」と声を掛けると、カシム様が足を止めて首を傾げます。

「アルマスを知っているかい？」

「アルマスだったら、壁際のどこかにいると思います。どーも、気後れしているみたいで。こんな機会、人生で二度とないんだから、楽しめば良いのに。真面目なんですよね」

そう告げて、カシム様は「今度こそ、では失礼！」と軽やかに去って行きました。カシム様に数名の若いご婦人が声を掛け、カシム様が肩掛けの鞄から何かを取り出しています。

「……断ってしまったが良かったかい？」

「はい。エルサに万が一勝手に使ったのがばれたら、怒られますもの。エルサは私より私の美容に厳しいので……」

ウィリアム様が「確かに」と神妙な顔で頷きました。

いつも通りの会話ができていることにほっとしながら、私たちは壁際を重点的にアルマス様を探します。

「いた、アルマス！」

ウィリアム様が声を掛けると、ぼんやりとお皿の上の料理を食べていたアルマス様が振り返りました。ウィリアム様を見つけると、安心したように表情が緩みます。

「アルマス、ぼーっとしていたようだが、大丈夫か？」

「ああ、緊張しているんだよ。貴族というのは大変だね。でもウィルがいるのは、心強いよ、何か不作法があったら教えてくれ」

「大人しくしていれば、大丈夫さ。君の先輩は、随分と馴染んでいるようだが」

「カシムさんは、人懐っこい性質で、人に可愛がられるのが上手いんだ。あとお金が大好きなんだよ。ここ二、三日は寝ずに今日売り込む薬を作っていたほどなんだから」

少々呆れた様子でアルマス様が肩を竦めました。

「まあ、寝ずに……断ってしまったのは悪かったでしょうか」

「あの人は、そんなことにはこだわりませんよ。断られたら、さっさと次へ行く人です」

アルマス様が、カラカラと笑って言いました。

「今日の奥様は一段と綺麗ですね。先日お会いした時もお綺麗でしたが……」

「ま、まあ、ありがとうございます」

人に褒められるのは、なかなか慣れません。

「アルマス、リリアーナは私の妻だからな。あんまり見るな、減る」

ずずいっと前に出たウィリアム様の背に隠されてしまいます。私は、こっそりその腕の陰からアルマス様を覗き見ます。

「……奥様のことになると心がその辺の水たまりより浅く小さいってのは本当だったんだ」

感心したようにアルマス様が言いました。

「誰に聞いたんだ、そんな失礼なこと」

「マリオ……いや、マリエッタ嬢だよ。この間、医院に顔を出してくれてそんな話をしたんだ。この服もカシムさんの服も彼女が用意してくれたんだ。その時にウィルは、リリアーナ様のことになると心が哀れなほど狭いから気を付けろってね」

「マリエッタめっ！」

顔をしかめるウィリアム様にアルマス様は、けたけたと可笑しそうに笑っています。

なんだか、アルマス様とお話ししている時のウィリアム様は、いつもマリオ様やアルフォンス様とお話ししている時のようです。

ウィリアム様の楽しそうな様子に私も嬉しくなります。

「そういえば、二人はダンスをしないのかい？　貴族は皆、踊るものなのだろう？」

アルマス様がダンスフロアのほうを指差します。そちらでは楽団の演奏に合わせて、皆さん、楽しそうに踊っています。

「誰も彼もが踊るわけじゃないさ。今日は舞踏会ではないしね。それにリリアーナは、一曲踊りきるのがなかなか難しくてね」

「……そうなのです。体力が続かなくて……申し訳ありません、ウィリアム様」

こんなところでも私は、ウィリアム様に迷惑をかけているのに気付きました。

ウィリアム様はダンスがとてもお上手ですのに、私は技術面もですが体力面で致命的にダンスができないのです。

「き、君を責めているわけではないよ」

「でも、ウィリアム様はダンスがお上手ですのに……」

「リリアーナと踊るから楽しいんだ。他のご令嬢と踊るのは好きじゃない」

「なんだか俺が余計なことを……」

「きゃぁぁあぁぁ！」

私たちがいる壁際からは遠い会場の出入り口のほうから、絹を裂(さ)くような悲鳴が聞こえました。驚いて振り返ろうとしましたが、私はぐいっと腕を引かれてウィリアム様の腕の中に庇(かば)われました。

ガッシャン、どしん、とすごい音が何故か私たちの傍でしました。

そして、状況(じょうきょう)を把握(はあく)するよりも早くウィリアム様が、腰の剣(けん)を抜(ぬ)いていました。

ウィリアム様が鋭(するど)く睨(にら)む先に目を向ければ、私たちの足元に転がっていた給仕(きゅうじ)の男性がよろよろと立ち上がり逃げて行きます。その足取りを残すようにおびただしい量の血が床(ゆか)に広がっているのに気付きました。

「ジュリア！」

「はっ、ここに！」

どこにいたのか駆(か)け付けた騎士服姿のジュリア様の腕の中にいつの間にか私は移動していました。

「リリアーナを頼(たの)む。アルマス、彼女の傍にいてくれ！」

ウィリアム様の剣には、赤い血がべったりとついていました。

「ライリー、エレン！　逃がすな、追え！」

ウィリアム様が叫ぶとお客様の中から二名、男性と女性の騎士が飛び出して来て血痕を追うように駆けて行きました。

「私はここだ！　私の首が欲しいのだろう！　相手をしてやるからかかってこい！」

そう怒鳴るように告げて、ウィリアム様が注意を引きながらダンスホールのほうへと駆け出しました。

「スプリングフィールド侯爵に続け！　ベルモント侯爵家の名に懸けて、客を護れ！」

どこかでベルモント卿が声を上げます。

黒ずくめの服の襲撃犯と思しき集団が会場の出入り口から、どんどんなだれ込んで来ていて、悲鳴や怒鳴り声が上がり、グラスや食器の割れる音がしました。

襲撃犯はウィリアム様に誘われるままに追いかけて行きます。それに続くのは、会場を護衛していた騎士様と客として出席していた騎士様です。

今夜、会場にいるほとんどの人間は騎士様やその関係者で、ベルモント侯爵家の使用人は多くが怪我や病気で騎士を引退した方々なのです。

私は壁にぴたりと背中をくっつけて、嵐が過ぎ去るのを待ちます。私の目の前に立つジュリア様は、油断なく辺りを警戒していました。

「大丈夫、ウィルは強いのでしょう？　それにあいつが怪我をしたって、すぐに俺が手当てしますよ」

アルマス様が震える私をそう励まして下さいます。

金属と金属のぶつかり合う音、悲鳴、怒声、血の臭い。あまりのことに私はただ、ジュリア様の背に隠れていることしかできませんでした。

けれど、襲撃犯の鎮圧は、あっという間に達成されました。

そして、無関係の人々は後日調書を取る旨を伝えられ、順番に帰宅することになりました。会場から少しずつ、迎えの馬車が来る度に人が減っていきます。

ウィリアム様の姿は、遠目に確認できました。指示を出しながらお忙しそうにしていて、幸い、ここから見る限りでは大きな怪我はしていないようでした。

「……リリアーナ様、大丈夫ですか？」

ジュリア様が震える私を覗き込みます。アルマス様も心配そうな顔で私を見ています。

「え、ええ……ちょっと、びっくりしただけです」

きっと嘘だと分かっているでしょうが、ジュリア様は「突然でしたからね」と私に話を合わせてくれました。

「そうだ。椅子か何かをお借りできないかな……座っているほうが奥様も楽ですよね」

アルマス様が言いました。

「椅子もいいですが、師団長はまだ戻られないでしょうから、いっそ部屋を借りましょう。先日、酷い風邪で寝込んだばかりですし、奥様の安全と健康が最優先です」

ジュリア様の提案に私たちは、入り口のほうへと歩き出しました。

会場は、まだ混乱と恐怖（きょうふ）が残っていました。人々の顔は暗く強張（こわば）っていて、迎えの馬車が来るのを今か今かと待っている様子でした。

「おや、あの女性……」

アルマス様が何かに気付いた様子で足を止めました。私とジュリア様もつられて足を止め、アルマス様の視線の先を追います。

料理の並ぶテーブルの陰にメイド服の女性がうずくまっていました。ここはもうほとんど人もおらず、彼女の様子には誰も気付いていないようでした。

「まあ、どうしたのでしょう。ジュリア様、行きましょう」

そう声を掛けて、女性に駆け寄ります。

「……！」

近づくと血の臭いがして、女性が腕を押さえて真っ青な顔をしていました。

アルマス様が、さっと表情を真剣（しんけん）なものに変え、女性の傍に膝をつきました。

「俺は医者です。どうしました？」

「……し、しん、にゅ、きら……て」

女性は舌がもつれているようで、うまく喋ることができない様子でした。

「失礼」

アルマス様が、女性の顔に触れ、目や口の中の様子、呼吸、脈拍(みゃくはく)を確認していきます。

「……傷口は小さく浅いのに出血が酷い。それにこの症状(しょうじょう)……痺(しび)れ薬かもしれない。何か口にしたり、嗅(か)いだりしましたか？　他に痛いところは？」

女性はかろうじて首を横に振りました。

「……なら、この傷口か……とりあえず止血を……」

こうしている間にも女性の傷口からは、とめどなく血が溢(あふ)れています。私は、その赤に足が竦みそうになるのをなんとか踏ん張り、顔を上げます。

私はスプリングフィールド侯爵夫人、騎士様の妻なのです。

指輪を一度視界に入れた後、ご自身のスカーフで傷口を縛(しば)るアルマス様に声を掛けます。

「アルマス様、何かお手伝いできることはありますか？」

アルマス様は、驚いたように顔を上げました。

「で、ですが、奥様……」

「怪我人(けがにん)を見捨てることはできません。遠慮(えんりょ)なく言って下さいませ」

「……でしたら、綺麗な水を。傷口を洗い流したい。それと、俺の鞄を持って来てほしいのです。ここへ到着した際、荷物を預けてしまったので」

「分かりました。ジュリア様、参りましょう」

　私はしかと頷いて、ジュリア様と共にその場を離れます。

「リリアーナ様！　良かった、ご無事でしたのね。お迎えがいらしたのに、お姿が見えないから……」

　アデル様が私に気付いて駆け寄って来てくれました。

「アデル様、使用人の女性が怪我をしたのです。すぐにお水と、アルマス様のお鞄をアルマス様に届けたいのですが」

「そうなのですか？　大変だわ、ナナ、ナナ！」

　アデル様が呼ぶと、どこからともなく侍女が現れました。きっとエルサのように優秀な人なのでしょう。

　幸運なことにアデル様が動いて下さったので、すぐにアルマス様のもとに治療に必要なものを届けることができました。

　そして、アルマス様の的確な処置のおかげで、女性は治療を終える頃にはきちんと喋れるようになっていました。

「傷口は非常に浅いのにあの出血、やはり毒でしょう。一晩、必ず誰かが傍にいて、異変がないか観察を続けて下さい」

　アルマス様が女性を心配して駆けつけた使用人の方に説明しているのを、私は用意してもらった椅子に座って眺めます。

もうほとんどのお客様は帰られて、広い会場は騎士様たちが忙しなく行き交う喧噪だけが残っていました。

「リリアーナ！」

待ちに待った声に私は立ち上がり、駆け寄ります。力強い腕が躊躇うことなく私を抱き締めてくれました。

「怪我はないかい？」

「はい。ウィリアム様もご無事で良かったです。他の方は……」

顔を上げて問います。

「大丈夫。かすり傷はいるが、大怪我をした人間はいないよ」

「師団長、こちらの女性はかすり傷でしたが、毒を使われた形跡があり出血が酷く、舌がもつれてうまく喋れないという症状が」

ジュリア様の言葉にウィリアム様がたった今、担架に乗せられた女性に気付いて息を呑みました。

「毒？　症状は？　アルマス」

「痺れ薬系の毒だ。血を止めるのも苦労したから、他にも何か使われている可能性がある。意識はあったから、そこまで強い毒じゃないが、動きを止めるには充分だ。騎士の中にその症状が出ている者はいるか？　遅効性じゃないから、とっくに出ているはずだ」

「いや、皆元気に動いていた」

「なら、大丈夫だ。全員が全員、毒を武器に塗っていたわけじゃないんだろう」

アルマス様の言葉にウィリアム様が、ほっと胸を撫で下ろしたのが伝わってきます。

「リリアーナ、置いて行ってしまってすまなかった」

「いえ、ジュリア様が守って下さいました。謝らないで下さいませ」

眉を下げたウィリアム様に私はなんとか微笑みかけます。

安心したら止まっていたはずの震えが戻って来てしまったようです。隠そうにも抱き締められているので、ウィリアム様には全てが伝わってしまっているでしょう。

「一度、屋敷に戻ろう。ジュリアもこのまま我が家に。しばらくはリリアーナの護衛を外出の有無にかかわらず続けてくれ」

ウィリアム様からの命令にジュリア様が返事をして背筋を正します。

「アルマスは、できればここに残ってくれないか？　一応、怪我人を診てほしい」

「ああ。だったら、部屋を借りられるかな、流石にここじゃ落ち着かないしね」

「ベルトラン卿に話をしておくよ。ありがとう。では、私はリリアーナを送り届けてくる。すぐに戻るから……そうだ、カシムはどうした？」

「そういえば、いないな……」

「アルマスー！」

噂をすればなんとやら、カシム様が入り口のほうからこちらへやって来ました。

「気分を悪くされたご婦人に付き合ってたんだ。今、馬車に乗せてきた……って、なんだか大変そうだな」

カシム様が辺りを見回して言いました。

「カシム、よければ貴殿もここに残ってくれないか。怪我人の様子を診てほしい」

「ああ、かまいませんよ。俺も薬箱を持って来てるし、その代わり、薬代はちょっと多めに請求しますけど」

「カシムさん！」

アルマス様が眉を吊り上げますが、カシム様は「深夜なんだから割り増し料金に決まってるだろ」とどこ吹く風でした。

「お礼はきちんとさせてもらうよ」

「気を付けてな」

アルマス様に見送られて、会場を後にします。

うまく歩けない私はもうほとんどウィリアム様に抱えられるようにして、迎えに来てくれた馬車へと戻りました。

馬車の中で、ウィリアム様はずっと私を抱き締めていて下さいました。

その腕の中で、私はとあることに気が付きました。

我が家に着くと、真夜中だというのにエルサたちだけでなく、使用人の皆さんと寝ているはずの弟たちまで出迎えてくれました。

「姉様！」

「奥様っ！」

セドリックとエルサが真っ先に駆け寄ってきます。

「大丈夫、私に怪我はありません。心配をかけてしまいましたね」

抱き着いてきたセドリックを受け止め、私はエルサに微笑みかけます。

エルサが「ご無事で何よりでございます」と泣きそうな顔で言いました。

「エルサ、私はすぐに戻らなければならない。アーサー、子細はジュリアに聞いてくれ。セディ、ヒューゴ、私の妻を頼むぞ」

「はい！」

「お兄様も頑張って下さい！」

「ああ。では、行ってくる」

ウィリアム様は、既に出かける用意をしていたフレデリックさんと共に踵を返そうとしました。

「ウィリアム様、お待ち下さい……！」

私は咄嗟にウィリアム様を呼び止めました。ウィリアム様が、足を止めて振り返ります。

「しゃ、しゃがんで下さいませ」

するとウィリアム様は、すんなりと身をかがめて下さいました。

私は、その唇に自分の唇をそっと重ねました。青い瞳は、真ん丸になって私を映します。

「どうか……どうかご無事で、お戻り下さいませ」

あの会場の出入り口で騒ぎが起こった次の瞬間、真っ先に襲われたのはそこから離れた場所にいたウィリアム様でした。――ウィリアム様の命を狙った犯行だったのです。

「……私は必ず君のもとへ帰るよ。大丈夫、待っていてくれ」

そう言ってウィリアム様が優しく微笑んで、キスを返して下さいました。

「行ってらっしゃいませ、ウィリアム様」

「しばらく帰れなくなるだろう。家のことは頼むよ。行ってくる」

ウィリアム様は、名残惜しげに私の額にもキスを落とすと、今度こそ振り返らずにフレデリックさんと共に再び降り始めた雪の中、出かけて行きました。

「……姉様、今夜は僕がずっと傍にいるから、大丈夫だからね」

私の手に触れた温もりに顔を向ければ、セドリックが力強く私を見つめていました。

「ありがとう、セディ」

当たり前だよ、とセドリックは笑いました。本当に優しい子です。

「さあ、奥様、まずはお湯で体を温めましょう」

「オレ、厨房の人にお願いして、お義姉様のために紅茶を淹れてくるね！」

言うが早いかヒューゴ様が駆け出して行ってしまいました。

エルサが「坊ちゃま！　廊下を走らないで下さいといつも申し上げておりますでしょう！」と怒りますが、既に聞こえていないようです。

そのいつもの光景にほっとしながら、集まってくれた皆さんにお礼を言って、私はセドリックとエルサと共に自室へ戻ったのでした。

「なんてことだ」

アルフォンスが、師団長室のソファにどかりと腰を下ろしながら言った。

私——ウィリアムは、ネクタイを外しながら目だけを向ける。

「裏切り者が出たってことだよね」

「だろうな。会場の間取り、護衛の位置、数、そういうものが全て向こうにもれていた可能性が高い。でなければ、あんなに簡単に侵入はできないだろう」

上着を脱いで、フレデリックに渡す。

「マリオは？」

「そろそろ来ると思うよ。捕縛された奴らの様子を見に行ってるだけだから」

私の問いにアルフォンスが応える。影のように寄り添うカドックが不安そうな顔で私を見ている。彼が何を心配しているか気付いて、苦笑を零す。

「大丈夫。リリアーナは無事だよ。ただかなりショックを受けているようだったが……こんな時、傍にいてやれないのがもどかしいな」

「リリィちゃんは、ちゃーんと分かってくれているさ」

アルフォンスの言葉にカドックまで、うんうん、と頷いた。

「ありがとう……。カドック、君もあまり顔色が良くないが、大丈夫か？」

「この季節はどうしてもね。カドックは雪が嫌いだから」

アルフォンスが代わりに応えた。カドックは、曖昧な笑みを浮かべて眉を下げた。

「カドックが声を失ったのは、雪の中だからしょうがないんだろうけど……休めって言っても休まないんだな、これが」

「カドックは王太子殿下の護衛騎士だからな。それこそしょうがないだろう」

私の言葉にカドックが、こくこく、と頷いた。アルフォンスがやれやれと肩を竦める。

「すまない。未然に防げなかったのは、俺たちの落ち度だ」

マリオが不機嫌そうにがしがしと頭を掻きながら戻って来た。

彼がこう言うということは、今回の件は、内部の裏切り者が関与しているということだ。

「起きてしまったことをあれこれ言ってもしょうがない。次を起こされないように頑張るしかないだろう」

私の言葉にマリオは頷いたが、責任感の強い彼は納得はできていないようだ。

「会場内に侵入した賊のほとんどは捕縛できた。だが、私を襲ってきた奴は取り逃がしてしまった」

アルフォンスの眼差しが厳しくなる。

「あれらは、ベルトラン侯爵家を襲ったんじゃない。私の首が欲しかったんだろう。私を見つけると、それはそれは嬉しそうに襲いかかって来てくれたよ」

皮肉交じりに告げれば、アルフォンスは腕を組んでソファに身を沈めた。

「来客の中に怪我人はいない。ショックで倒れた人はいるがな。騎士たちも皆、かすり傷程度だが、給仕をしていた女性の使用人に一人、毒が使われた。彼女も元騎士で、なだれ込んできた際に咄嗟に応戦しようとして腕を斬られた。毒は武器に塗られていたようだが、アルマスが対応してくれたおかげで命に別状はないそうだ」

「……そうか。彼もそこにいたんだったか」

「ああ。ベルトラン侯爵家の医者は、来客を診るのに忙しくてな。毒の心配もあったから、騎士たちのことはアルマスが診てくれて助かったよ」

私はアルフォンスの向かいの席に腰を下ろす。

「………なあ」

マリオが重々しく口を開いた。

「あいつのこと、信用しすぎじゃないか」

「だが、アルマスは何も知らない様子だったし、率先して手当てをしてくれた」

「そんなの演技次第でどうにでもなる。それにその毒だって、仲間が持ち込んだものならアルマスが対処できるに決まってる。お前の信頼を得るためだった可能性だってある」

「アルマスは、白だ。お前が……個人的に、勝手に、調査したんだろ」

つい、私の言葉にも棘が混じるが、マリオは私を睨み返した。

「俺は、真っ白だとは思ってない。タース医院は、長年、諜報部が目を付けているところなんだ。あそこは他国から大勢の人間が出入りしている。アルマスだって、今はまだお前の味方なだけで、何かのきっかけで黒になるかもしれない」

「アルマスは、私の部下の命の恩人だ」

「それに惑わされるなって言ってんだよ。年月を経れば人の思想は変わる！　あいつは医者だ。それもとびきり優秀な。だったら、あいつが毒を用意することも可能だってことだ！」

「馬鹿を言うな、アルマスはそんなことはしない！」

マリオが立ち上がり、私も負けじと立ち上がる。

「まあまあまあ、落ち着きなって。ウィルもマリオも」

アルフォンスが私たちの間に入る。

「マリオ。ウィルが心配な気持ちは分かるよ。ウィルもアルマスには世話になったからね。でも僕らは、個である前に公でなければならない。分かっているだろう？」

アルフォンスの空色の瞳がまるで子どもを諭すように私に向けられた。

「僕らは疑うのも仕事だ。全てを信じることはできない。でも、信じることは決して悪いことじゃない。そうだろう？」

「……ああ。そうだな……すまなかった、マリオ。少し我を忘れていた」

「俺も、悪い。俺だって、アルマスのことを信じていないわけじゃないんだ」

マリオがバツが悪そうに言った。

「失礼いたします!!」

ノックもなしに伝令が部屋に飛び込んで来る。これは緊急事態の前触れに他ならない。

「どうした」

「はっ！　先ほどのベルトラン侯爵家襲撃事件でご報告です！　会場警備に配置されていた騎士二名が事件後、連絡がつかなくなっております！」

やはり、と私は額に手を当てる。

「捕縛された犯人たちは依然、黙秘を続けております。逃走した犯人は、今のところ捕縛の連絡は来ておらず、緊急配備にも引っかかっていないようです」

「そうか。分かった。大至急、部隊長たちを大会議室へ。フレデリック、団長と副団長も同じく呼んできてくれ」

伝令とフレデリックが一礼し、急ぎ部屋を出て行く。

私は友を――マリオを振り返る。

「騎士団長は既に承知している。まずは内通者と思われる騎士の所属部隊を徹底的に調査し、関連の有無にかかわらず各部隊を調査する。……専門部隊に通達を」

マリオの表情に緊張が走る。

この専門部隊は、事前にマリオが調査し、白と判断された騎士で構成されている。マリオにも彼らにも仲間を疑うという辛い思いをさせてしまうことになる。

だが、それもアルフォンスの言葉を借りれば、個ではなく、公を守るためなのだ。

アルフォンスは、温度を失った顔でテーブルを見つめていた。その横顔からは何を考えているのかは分からなかった。

「……騎士団内の混乱と反発は免れないだろう。それでも僕らはやらねばならない」

まるで自分に言い聞かせるように呟いて、アルフォンスが立ち上がる。

「私の国の平和を脅かす馬鹿共を、私の愛する我が子らの不安を煽る愚か者共を、一人残らず炙り出せ」

王太子としての言葉に私とマリオは、深々と頭を下げた。

そして、この日を皮切りに、ヴェリテ騎士団にとって試練の日々が始まったのだった。

第四章 ― 託されたもの

しんしんと雪は王都に降り続けていました。

私はずり下がったショールを直しながら、窓の外へ顔を向けます。

外の世界は白以外の色を失ってしまっていました。真っ暗な世界より、眩くて明るいはずなのに、なんだか酷く寂しい景色です。

「今年は本当に雪がたくさん降りますね」

刺繍をする手を止めて、エルサとアリアナが顔を上げました。

「そうですね。庭師たちが雪の処理に困り果てていますよ」

「でもヒューゴ様は、本で読んだかまくらなるものを作ると言って、男性陣を集めていましたよ。何でも雪山を固く作って、そこを掘ってテントのようなものを作るのだとか」

「元気で何よりです。後で温かいココアを差し入れしましょうか」

「マシュマロを浮かべましょう！」

アリアナがぐっと拳を握り締めました。エルサが「全く、この子は」と額を押さえています。彼女を甘やかしがちなのは自覚があるので、ここは口を閉じておくことにしました。

「ココアもいいですが……奥様、あまり顔色が優れませんよ」

エルサが心配そうに言いました。

「少し、寝不足なのです。具合は悪くないので、大丈夫ですよ」

エルサが立ち上がり、私の隣に腰かけました。

「旦那様は、きっと、いえ、絶対に大丈夫でございます」

私の心の中を、いつもエルサはあっさりと正確に読み取ってしまいます。

私はエルサの紺色の眼差しから逃げるように目を伏せました。テーブルの上には、今朝の新聞が置かれたままになっています。

『ヴェリテ騎士団　裏切り者はいずこへ？』

大きな見出しに躍る文字に胸がツキリと痛みます。

ベルトラン卿の誕生祝の夜会で起きた襲撃事件。それだけでも大事件だというのに、なんと襲撃犯を招き入れたのは、当日、会場警備に従事していた騎士様だったのです。

ヴェリテ騎士団を裏切り、なんらかの組織に傾倒しているのではないか、と新聞には書かれていましたが、真相は分かりません。

ですが、騎士団は内部調査を発表し、それに対して団内で混乱が起こり、反発が強くなっていると連日、紙面を賑わせています。

ウィリアム様はあれ以来、一度も帰って来ることは叶っていません。

いつもでしたらサンドウィッチなどを作って差し入れとして持って行くのですが、混乱真っただ中の騎士団には、危険だから来ないようにと言われているのです。

昨日まで味方だった人が、実は裏切り者だったかもしれない。そんな状況にあるウィリアム様の心労は、どれほどのものでしょう。

それに今回の裏切り者は、ウィリアム様の命を狙っているのです。

夜になると、あの夜会での出来事を思い出して、どうしても寝付けません。

「でしたら、奥様、気分転換にお菓子作りなどいかがですか？　美味しいものは幸せな気持ちになれますよ！」

「それはアリアナが食べたいだけでしょう」

エルサが胡乱な目でアリアナを見ます。アリアナは「ま、まさか」と言いながら視線を泳がせています。嘘がつけないところも、アリアナの可愛いところです。

「でも、いいかもしれません。クッキーなら簡単に作れますし、たくさん作って孤児院の子どもたちに届けてもらいましょう」

「わーい！　奥様、私はナッツとチョコのやつがいいです」

「アリアナ！」

「わ、私、厨房に確認してきまーす！」

エルサの吊り上がった眉に、アリアナが慌てて逃げて行きます。

「ふふっ、元気でいいですね」

「……奥様が笑って下さるなら、あの子を叱れないじゃありませんか」

そう言ってエルサが苦笑を零します。

「アリアナは裏表のない良い子ですからね。セディを見ているようで、なごみます」

「侍女というより妹のような評価ですが、それがあの子の可愛い点でもありますからね」

そう言ってエルサが立ち上がり、同時にアーサーさんがお部屋にやって来ました。

「奥様、本日のお手紙でございます」

お手紙の束を手に部屋に入って来たアーサーさんに「ここへ」とローテーブルへ置いてもらいます。

「奥様、こちらもどうぞ」

二通だけ別に渡されました。

「アルマス様からのお見舞いと、まあ、ルネ様からだわ」

まずはアルマス様からのお手紙に目を通します。

喋るのはあんなに上手なのに、クレアシオン語を書くのは苦手なのか、文字は歪で綴りが間違っているところもありました。ですが慣れない言語でもこうしてお手紙を下さったことに胸が温かくなります。

便せんの余白には、太陽と思われる紋様の絵が描かれていました。

『たいよーは俺のクニの、幸福とねがイのしょうちょう、です』

私への願いを込めて描いて下さったのが伝わって来て、顔が綻びます。絵だというのに、太陽の暖かな熱が触れた指先から伝わって来るような気がします。

「後でお返事を書かないと……次はルネ様のですね」

アルマス様のお手紙を封筒に戻して、次にルネ様からのお手紙に目を通します。

「ルネ様、今はこちらにいらしてるんですって、クロエ様も旦那様のお仕事で……あら」

「どうされました？」

刺繍の片付けをしていたエルサが顔を上げます。

「一緒にお茶をとお誘いが……」

「気分転換になりますね」

「でも……」

ウィリアム様が大変な時に、私だけお友だちと楽しい時間を過ごすのは気が引けます。

「大丈夫でございますよ。旦那様は奥様の笑顔が一番、お好きですから。それに社交も侯爵夫人のお仕事の一つでございましょう？」

「旦那様には私が確認をとりますので、奥様は後ほど、旦那様宛てに一筆認めて下さい」

アーサーさんにまで言われて、私は手紙に視線を落とし「分かりました」と頷きました。

ルネ様とお友だちになったお茶会もこうして、送り出してもらったのを思い出します。

「ありがとうございます。では先に書いてしまいますね。その後、クッキーを作ろうと思います」

「かしこまりました。では、私は失礼いたします」

アーサーさんはすっと綺麗なお辞儀をして部屋を出て行きました。

私はエルサが用意してくれた便せんを前にペンを握り、お忙しいウィリアム様がさっと読めて、尚且つ要点がきっちり伝わる文章を、うんうん、と唸りながら一生懸命考えるのでした。

騎士団内の混乱と反発は想定していた以上のものだった。

私——ウィリアムは、積み上げられ続ける書類の陰でひっそりとため息を零す。

師団長室に、私は一人きりだった。三人いる事務官は、二人を仮眠室に放り込み、一人は王城にいるアルフォンスに届け物をしてもらっている。フレデリックも騎士団内のそこかしこに書類の配送をして回ってもらっている。

仲間に疑われることほど、腹の立つことも呑み込めないこともないだろう。

内部調査を実施して、ほとんどの騎士は素直に聴取を受け、調査に同意してくれた。

だが、反発する者、騎士団に不信感を抱く者も当たり前にいる。中には、よほど後ろめたいことがあるのか、私に金を持ってきた馬鹿や、調査前に逃げ出した者もいる。

前者は賄賂は禁止されているので、その場で捕まえて聴取に放り込んだ（大体が横領と備品の横流しだった）。後者は、追いかけて捕まえている最中だ。

そして、もちろん今回の事件に関わっている者も摘発されている。

戦争が完全に終結して、まだ六年。騎士団の多くの騎士は、身分を問わず戦争に出ていた者たちだ。あの過酷さを乗り越えて今がある故に結束も固い。

だからこそ、裏切り者が出た事実は、騎士たちを動揺させるほど衝撃的だったようだ。

報告、連絡、相談。社会において大事なこの三つが、機能しなくなりつつある。

誰が味方で、誰が敵なのか。疑心暗鬼に陥って、いつもならスムーズに回る業務が滞っているという報告も上がり始め、私もそれを実感している。

「……素直に応じてくれた者たちの、腹の底も分からないしな」

私は万年筆を置き、椅子の背凭れに深く身を預けた。

振り返ると、額縁の中でリリアーナが微笑んでいる。

エルサから逐一、報告は貰っている。リリアーナが私を心配し、暗い顔をしていること、あまり元気がなく寝不足な様子だということ。

傍に行って抱き締めて慰めたいと願うと同時に、傍にいることで彼女を危険に晒してしまうという事実に打ちのめされる。

あの夜会の日、私を狙う刺客に、もし気が付かなければリリアーナが怪我を負っていたかもしれない。最悪——私の妻であるというだけで、殺されていたかもしれない。

それは当たり前の事実で、私も分かっていたはずだったのに、初めてその現実に直面して怖気が立った。

リリアーナはこれまで継母であったサンドラに殺されそうになったことが二度ある。七歳の時とつい一年ほど前のことだ。

黒い蠍の首領に気に入られている妻は、攫われそうになったことも一度や二度ではない。だが、あれはどこかリリアーナを神聖視しているように見えた。あれにリリアーナを殺す気はないのだろうと、なんとなくだが思っている。

私に向けられた憎悪の延長線上に彼女への殺意が湧くかもしれないという現実は、私を酷く臆病にさせた。

記憶喪失前の冷めきった夫婦関係のほうが、リリアーナは安全だったかもしれない。そんな馬鹿なことを想ってしまうほどには。

「旦那様」

書類を団長室や事務室、各隊長室に届けるように頼んでいたフレデリックが戻って来た。

「おかえり。……また増えたな」

書類を届けに行ったはずなのに、彼の手には倍以上の書類の束があった。

「どこも書類で溢れかえっておりますよ」

そう言ってフレデリックは、デスクの上にその書類を置いた。

「襲撃犯の身元が、二名だけですが判明しました。団内に彼らを知っている者がいたので、現在、他の犯人も身内や友人がいないか捜索中だそうです」

そう言って、フレデリックは一番上に載っていた調書を私へ差し出した。

私はそれに目を落とす。

「………やはりそうか」

そこに書かれた男たちのプロフィールは、想像していた通りのものだった。

一人は、戦争終結後、すぐに騎士団を辞去した者。

もう一人は、戦時中に騎士であった兄を亡くし、復讐に来た弟だった。

「フレデリック、手の空いている信頼できる部隊を一つ呼んでくれ。戦没者の家族、友人の捜査にあたってほしい」

「先ほど報告書を届けた際、団長がそのような指示を出す、と」

「そうか、流石団長閣下だ」

淡々と答えるフレデリックに、私は喉を鳴らして笑う。

こんな時でも変わらず無表情で淡々としている乳兄弟を見ると安心すると言ったら彼

は笑うだろうか。

「……お伝えするか迷いましたが、一応、伝えておきます」

フレデリックが、その口ぶりとは裏腹に無表情のまま私を見る。

「ただ今、臨時聴取室、二番にて、アルマス様の聴取が行われているそうです」

「そうか、彼の番になったか」

襲撃事件が起きた夜会にいた者は、身分問わず全員が聴取を受けている。

リリアーナのように体の弱い者や不自由な者は屋敷で、それ以外は爵位の高い順に騎士団に出向いてもらい、事情聴取を行い、調書を作成していた。

平民であるアルマスや彼の先輩のカシムで最後となる。

「……気になるのであれば、行って来てはいかがですか」

私は「だが……」とうずたかく積まれた書類の山を横目に入れる。

「ほんの少し、席を外したからといってどうにかなるものではございません。それにデスクにかじりついているより、息抜きを入れたほうが仕事は捗ります」

「……分かった。少し席を外す」

そう告げて私は立ち上がる。背凭れにかけていた上着を着て、ボタンをとめていく。

フレデリックがすっとドアを開けてくれ、廊下に出る。暖房などない廊下は、石造りの建物であることも相まって凍えるように寒かった。

「……色々と、ありがとう」

アルマスの件は、彼の判断で私に伝えるために取り計らってくれたのだろう。

フレデリックは、ちっとも表情を変えず「さっさと行って、さっさと帰って来て下さい」と告げるとバタンとドアを閉めた。

「そういうとこだぞ、フレディ」

乳兄弟の私には分かる。今のは照れ隠しなのだ。

私は乳兄弟の気遣いに心の中で再度感謝しながら、階下へと足を向けたのだった。

臨時の聴取室は普段、応接室として使われている。今は騎士団全体に身内の来団を控えるようにと通達が出ているため、利用できているのだ。

二番と書かれた札が下げられた部屋の前で私は足を止める。見張りに立っていた騎士に「少し中の確認をさせてくれ」と告げて、ドアにある小さな覗き窓を開けた。

アルマスがこちらに背を向け座っている。テーブルを挟んで向かいに騎士が一名、その奥に書記官が一名、専用のデスクに座りペンを走らせている。

「貴殿の来歴に関する質問はこれで終わりです。では、襲撃の際は誰と一緒にいましたか？」

「スプリングフィールド侯爵夫人です。夫人の旦那さんとは戦場で知り合いまして」

「…………はい、確かに師団長よりそのように申告があります」

騎士が手元の資料に視線を落として確認する。

「それと、夫人の護衛騎士の女性も一緒でした」

当日の様子をアルマスは、淀みなく答えていく。

「……怪我の手当てをした際に、どうして毒だと分かったのですか」

「申し上げた通り、私は医者です。そして私は、多くの国々を旅し……戦場での治療も多く経験しました。その経験の中に、今回の毒に関する知識も含まれていたんです」

「……なるほど。では、解毒薬を持っていたのは？」

自然と私は肩に力が入る。

後で分かったことだったが、負傷した女性の毒をアルマスは手持ちの薬で、解毒させていたのだ。無数にある毒の中で、ぴったりの解毒薬を持っているのは怪しまれる一因だ。

「あれは本来、あの毒に完璧に合致したものではないのです。解毒とおっしゃいましたが、私は毒を中和しただけ……あの毒が完全に体から抜けきるには三日、いや四日はかかったと思います。彼女の経過観察をしていたベルトラン侯爵家の医師に確認してみて下さい」

「分かりました。後で確認いたします」

その後もアルマスは、騎士の質問に真摯に答えていた。

私は、アルマスに怪しい点がないことに、胸を撫で下ろし、はっとする。

彼を信じていると言ったのは私なのに、心のどこかで私も彼を疑っていたのだ。

ぐしゃりと髪を掻き上げて、唇を噛む。覗き窓を閉め、そこから離れた。

少し離れた場所で壁に寄りかかって、アルマスが出て来るのを待った。

アルマスは、そう待たずして聴取を終えて出て来た。律儀に部屋の中へ一礼し、見張りにも頭を下げてエントランスへ歩き出す。

「あれ？　ウィルがいる」

私に気付いて、少し表情を緩めてアルマスが駆け寄って来た。

「君がいると聞いて来たんだ。門まで送るよ」

「いいのかい？　ありがとう。騎士団は夜会とは違った意味で緊張するよ」

そう言ってアルマスは私の隣を歩き出した。

団内は、殺伐とした空気に覆われている。いつもだって、仕事柄のほほんとしているわけではないが多少の緊張感はあれど、ここまで殺伐とはしていない。

「聴取は、どうだった？」

「ちゃんと答えられたと思うよ。旅をしているとさ現地の騎士団とか、自警団とかに捕まってこういうのを受けたこともあるしね」

「そうか。まあ……周辺諸国は南に行けば行くほど、安定していない国も多いしな」

「うん。……僕は、クレアシオン王国に来て本当に驚いたよ」

「……何にだ？　雪の多さか？」

首を傾げた私にアルマスは「それもあるけど」と苦笑する。

「あまりにも平和でさ、びっくりしたんだ」

そう言ってアルマスは微笑んだ。

エントランスから外へ出ると肌を刺すような寒さに見舞われる。

アルマスが足を止めて、手に持っていた鞄からマフラーを取り出して首に巻くのを待つ。

エントランスから門までの長い道を騎士団の清掃員がせっせと雪かきをしていた。

「お待たせ、行こうか」

アルマスがマフラーを巻き終えて、私たちは再び歩き出す。コートの一つも羽織ってくれば良かった、と私は寒さに首を竦めた。

「この国は良い国だね。こんなに寒い冬でも国民は生き生きしている。きっと春になったら賑やかなんだろうね」

「ああ。春には感謝祭が行われるんだ。花と緑の祭典で、それはそれは賑やかだぞ」

「いいね。楽しそうだ……まあ、俺がそこまでここにいるかは分からないけどね。今だって弟の情報があれば、俺は雪が降ろうが槍が降ろうがどこへでも行く所存だよ」

「……もし、余裕があれば是非、参加してくれ」

「うん、そうする」

　他愛のない会話が、静かな雪の世界に落ちていく。

「ウィルの奥さんは、優しい人だね。優しくて、清い人だ」

「急にどうした」

　思わぬ言葉に私は眉を寄せる。アルマスは「褒めただけで妬かないでよ」と可笑しそうに笑って、顔を前に戻す。

「あの夜会の日、奥様は怪我人を見捨てて逃げなかった。今まで僕が出会った貴族は、自分のことが第一で、弱いものを簡単に見捨てる人がほとんどだったから、驚いたんだ」

「彼女は、目の前に怪我人や具合の悪い人がいれば、自分の手が血で汚れても、ドレスが泥で汚れても、手を差し伸べられる優しい人なんだ。私にはもったいないほど、清廉で気高い心優しい人なんだよ」

「……でれでれの顔しちゃって」

　アルマスが半目になった。私は、ごほん、と咳ばらいを一つして、表情筋を引き締める。

　雪を踏み締める、ぎゅっぎゅっという独特の音が二人の間に沈黙を作らない。

「ウィルは、戦争についてどう思う？」

　今日のアルマスは、随分と唐突だ。そう思いつつ、私は顎を撫でながら言葉を探す。

「俺は、憎むべきものだと思っている。何も生み出さないし、何も得られはしない」

　強張った声が恐れるように告げた。

「……私もそう思うよ。そして、同時に……酷く恐ろしいものだ」

私は目を伏せる。清掃員が雪かきをしてくれているのに、既に足元には雪が積もり始めている。

「これは俺の経験を踏まえたうえでの、勝手な感想なんだけど……今回の事件、まるで誰かが憎しみを利用して、内側で争いを起こさせようとしているみたいだ」

アルマスが声をひそめるようにして告げた。

それは私も、確証はないが考えていたことだった。

「……終戦から六年。敵国はもちろん我が国も失った命は数知れない。私を憎む者は多くいる。戦場で散った部下の命は、私の責任だ。その命一つ一つに、母がいて、父がいて、友がいて、もしかしたら妻や夫がいて、子もいたかもしれない。この六年で大事な人を戦争に奪われた憎しみが薄れても、何かのきっかけでこうして再び烈しく燃え上がる」

私は空を見上げた。

空を覆う、目が眩むような白い雲から小さな雪のひとひらが無数に落ちて来る。

「……彼らの悲しみや、憎しみを煽る者を、何が何でも捕まえる。残された家族の平穏を脅かす者を、私は許しはしない。私は二度と戦争はごめんだよ」

「そうか。……国の偉い人が、そう考えていてくれるなんて、この国の人々は幸せだね」

そう言ってアルマスは、なんだか嬉しそうに微笑んだ。

「おーい、アルマス！」

呼ぶ声に顔を向ければ、門の外にカシムがいた。寒いのかガタガタ震えながら「遅い」と悪態をつく。

「カシムさん、先に帰っていれば良かったのに……」

「それが待っててやった先輩に言うことか」

カシムがべーっと舌を出した。

「寒い中、待たせてしまったのか。それはすまない」

「いえいえ、侯爵様、とんでもない」

愛想のいい笑顔でカシムさんが余計なことを言った。こういうところが、彼の長所でもあるのだろう。

「ウィル、カシムさんが余計なことを言い出す前に俺は帰るよ」

「ははっ、そうか。雪もまた降っているし、気を付けて帰れよ」

「うん。ありがとう」

「ったく、余計なことってなんだよ」

カシムが唇を尖らせて、しかし私に顔を向ける時には「では侯爵様、また」と愛想よく微笑んで踵を返す。アルマスも「じゃあまた」と告げて私に背を向けた。

私はなんとなく、何事もなく騎士団を出て帰路に就けた二人の背を見送る。肩や髪に雪が積もる。

少し進んだ先でカシムがアルマスの肩に腕を回した。何事かをアルマスに告げるとアルマスが足を止める。カシムも自然とそれにつられて止まる。

何を言ったのか、何を言われたのかは私には分からない。

だが、ここから見えたアルマスの横顔が、強張ったのが分かった。アルマスは反論しようとしたのか、口を開いたが言葉を呑み込んで俯いた。彼から離れたカシムは頭の後ろで腕を組んで、笑いながら彼を見ている。

真面目なアルマスをカシムが、いつものようにからかったのだろうか。そう思うのが妥当なはずなのに、何故だか妙に腑に落ちなかった。

少しして二人は何事もなかったかのように歩き出す。

「師団長、肩に雪が積もっています。そんな薄着で風邪を引きますよ」

門番がためらいがちに声を掛けてきて、私は我に返る。

「ああ、そうだな。すまない」

極寒の外での勤務のため、門番たちは厳重な装備をしている。

「お前たちも寒い中、ご苦労様。引き続き、頼む」

「はっ」

騎士の礼を取る彼らに手を挙げて返し、私は元来た道を引き返す。

私とアルマスの足跡がエントランスへと続いている。

二人の足跡は、エントランスに近づくにつれ降り積もった雪の中に埋もれていった。

「ひえ、寒いですね～」

私より先に馬車を降りたレベッカさんが、自分の体を抱き締めながら言いました。

今日のレベッカさんは、上品なお嬢様のような格好をしています。エルサとアリアナ、渾身のコーディネートです。

「ええ、本当に。今年の冬は冷えますね」

私はジュリア様が差し出してくれた手を取り、慎重に馬車のステップを降ります。

やって来たのは、大通りにある有名なカフェです。今日はここで、セレソ伯爵家のルネ様とクラーニヒ伯爵家のクロエ様とお茶をする約束をしているのです。

そして、何故画家のレベッカさんがいるのかというと、了承の返事をした際、ルネ様に是非、侯爵家の画家に会ってみたいとお願いされたからです。

港町で売れない画家だった（行き倒れていることでは有名だったそうですが）レベッカさんが、スプリングフィールド侯爵家のお抱え画家になったことは、町でかなり話題になったそうです。

レベッカさんの絵も、小さいものですが二つほど持ってきました。レベッカさんが持ってくれているそれは、お友だちにプレゼントしたいとお願いしたら、快く「いいですよー」と下さったものです。

「港町はこんなに雪が降らないので、新鮮ですー。でも、寒い。早くお店に入りましょ、奥様」

「レベッカさん、言葉遣いには気を付けて下さいませ、とあれほど」

エルサが眉を吊り上げます。

「まあまあ、エルサ。レベッカさんはこの緩さが魅力の一つなのです。エルサたちも好きなものを頼んで、楽しんで下さいね」

私が間に入るとエルサは「奥様はお優しい」と何故か感動していました。

しかし、本当に寒いので私たちはお店に入ります。

「スプリングフィールド侯爵夫人、お待ちしておりました。お連れ様がお待ちでございますよ」

お店に入るとすぐに店員さんが私に気付いて、個室へと案内してくれました。エルサたちはルネ様たちの侍女もいる隣の個室へ、護衛のジュリア様は廊下側がガラス張りで中が見えるようになっているので、ドアの前に立つと言ってその場に残りました。

私は店員さんにジュリア様にも温かい紅茶とケーキをお願いして、レベッカさんと中へ入ります。

「リリアーナ様、お待ちしておりました！」

ルネ様が私に気付いてすぐに駆け寄って来てくれました。

「ルネ様、お久しぶりです」

「お元気そうで良かったわ。ほら、クロエも挨拶をして」

「侯爵夫人、その節は申し訳ありませんでしたわ。あの時の私は、本当にどうかしていて」

クロエ様が緊張した面持ちで私のもとにやって来ます。

港町で起きた積み荷の強奪事件で、貿易業を営んでいる旦那様を支えるクロエ様は心が弱っていて、つい私に辛く当たってしまったことを後悔している様子でした。

「もともと怒っていませんし、謝罪はとっくに受け取りましたよ」

「ですが、私の気が済まないのです……。あの時、侯爵夫人様は怒っても良かったのに、私の体調不良を心配して下さって……おかげで私は今も社交の場に残れているのです」

間に挟まれたルネ様がおろおろしています。

「でしたら、私のお願いを一つ聞いて下さいませ。そうしたらこれで、全てお相子です」

「何でもお聞きします！」

クロエ様がぱっと顔を上げました。

「でしたら、私のことはどうかリリアーナと呼んで下さいませ。お友だちとしてこれからも仲良くして下さると……あら、これじゃ二つですね」

「奥様、ここは交渉してみたらいかがですかー？　貴族の方がやるやつですよねー」

わくわくしているレベッカさんの提案に私は「なるほど」と頷きます。

「というわけで、交渉してもいいでしょうか？」

何故かクロエ様はぽかんと口を開けて固まっていました。「んふっ」と変な声が聞こえて顔を向ければ、ルネ様が両手で顔を覆って、肩を震わせていました。

「ルネ様、どうしました？　具合でも……」

「いえ、リリアーナ様は、本当に、うふふ、んっ、素敵な方だと思っただけですわ。ほら、クロエに交渉するのでしょう？」

「そうでした。クロエ様、先ほど一つと言いましたが、二つに増やしていただいてもよろしいでしょうか？」

「え、あ、はい」

「まあ、ありがとうございます。できましたよ、レベッカさん」

「流石、奥様ですー」

ぱちぱちと拍手をしてくれるレベッカさんにちょっと照れてしまいます。

「クロエ様、そういうわけなので私のことはリリアーナと呼んで下さいませ。そして、よろしければお友だちになって下さい」

クロエ様は変わらずポカンとしておいででしたが、ルネ様に肩を叩かれて我に返ると「は、はい」とお返事をしてくれました。

「良かった。レベッカさん、私、またお友だちが増えましたよ」

「良かったですねー」

「さあ、席に着いて。おすすめのケーキを頼んであるのです。早くお茶会を始めましょう」

一件落着、とルネ様が私たちを席に促します。

円いテーブルにルネ様、レベッカさん、私、クロエ様の並びで等間隔に座ります。ルネ様がベルを鳴らすと給仕の方が来て、私たちの前にケーキと紅茶を並べてくれました。

「……素敵、宝石箱みたいですね」

二口サイズの小さなケーキが三つ並んでいるのですが、どれもこれも宝石みたいに綺麗です。紅茶も香りが良く、美味しそうです。

「リリアーナ様、早く画家さんを紹介して下さいな」

「ええ、もちろんです。我が家のお抱え画家になって下さった、レベッカさんです」

「どうもー、レベッカですー。こちら、奥様から皆様への贈り物です。あ。描いたのは、あたしですよー」

そう言ってレベッカさんが持っていたバスケットから、二つの絵を取り出します。

どちらも右上と左下だけにリボンをかけたシンプルな包装ですが、レベッカさんの素晴らしい絵を真っ先に見てほしかったのです。

「ルネ様は猫ちゃんがお好きだと聞いたので、こちらを。クロエ様はわんちゃんがお好きだと聞いたので、こちらを」

「まあ……なんて素敵な絵かしら」

「本当、生きているみたいですわ」

絵を受け取った二人は、感動に目をキラキラと輝かせています。私も、レベッカさんの絵を初めて見た時は、お二人のように感動したのを覚えています。

「レベッカさん、どうして貴女ほどの才能が埋もれていたのかしら。こんな素敵な絵を描かれる画家が近くにいたことに気付かなかったなんて！」

クロエ様がどこか悔しそうに言いました。するとルネ様が、ふふふ、と笑います。

「きっと、侯爵様とリリアーナ様が見つけられるように、女神様が隠していたのよ」

「ええ、おかげさまで、三食昼寝にデザートまでついて、快適に絵を描く毎日を送らせていただいてますー」

レベッカさんがにこにこしながら言いました。

ルネ様とクロエ様が「まあ」と顔を見合わせてくすくすと笑いました。レベッカさんののほほんとしたところを、受け入れてもらえたようでほっとします。

　それからひとしきり、レベッカさんの絵を褒めて下さった後、話題は最近の出来事や面白かったことなどへと移ります。

　レベッカさんは、私たちの会話を聞きながらケーキを美味しそうに食べていました。

「まあ、素敵なアイデアですね」

「ええ、年に一度のお誕生日ですから、ちょっと驚かせたかったのです。ただまさか驚きすぎて椅子から落ちるとは思いませんでしたけれど……騎士様ですのにね」

　ルネ様の旦那様へのサプライズのお話は、予想外の結果でついつい笑ってしまいます。

「一体、何を言ってそんなに驚かせたの？」

　クロエ様が尋ねます。

「それは、そうね……春ごろになったらお知らせできると思うわ。うふふっ」

　そう言ってルネ様は楽しそうに笑いました。

　私とクロエ様は顔を見合わせて首を傾げます。ですが、こんなに楽しそうなご様子なのですから、きっと素敵なことに違いありません。

「ルネ様は、冬の間、こちらにいるのですよね」

「はい。私の義母の実家がこちらにあって、お世話になっているんです」

「私は一カ月ほどで向こうへ戻りますわ。夫の仕事がこちらであったので……ああ、そうでした。夫から大事な頼まれごとをしていたのをすっかり忘れていましたわ」

そう言って、クロエ様がドレスのポケットから一通の手紙を取り出しました。

「厚かましいお願いだとは分かっていますが、これを侯爵様にお渡ししてほしいのです。ああ、大丈夫。ラブレターじゃありませんわ、夫からの社交のお誘いです」

差し出された手紙を受け取ると、確かにクロエ様の旦那様の名前が書かれていました。

私は、どうしましょうと眉を下げます。

「申し訳ありません……私にお渡しできるかどうか……」

「やっぱり、お忙しいですものね。騎士団が大変な時だというのは百も承知なのですが、渡すだけ渡していただけないかしら？」

「いえ、それもあるのですが、実はその……今はちょっと気まずい関係でして」

今度はクロエ様とルネ様が顔を見合わせます。

「喧嘩でもなさったの？」

ルネ様の問いに、私は曖昧に頷きます。

「喧嘩といいましょうか、私がウィリアム様の踏み込んでほしくないところに、踏み込んでしまったのです。でも、翌日に謝り合って、仲直りはしたのですが……私たちの間には、厚いカーテンが一枚、引かれたままなのです」

「カーテンですか？」

「ええ。ご存じの通り、結婚当初、私たちは、その、不仲というかすれ違っていましたでしょう？」

「まあ、噂程度ですが聞き及んでいますわ」

ルネ様が困り顔で頷いてくれました。

「あの時は、私とウィリアム様の間には大きくて高い壁があったのです。それはあからさまな拒絶でした。あの頃の私は今と違って何もできなくて、なんの自信もありませんでした。ですから、その壁を登ろうとも、壊そうとも、もしかしたらあるかもしれない入り口を探そうとも思いませんでした。壁の前で時折、旦那様はお元気かしら、と思うだけです」

「でも、お二人は今、王国でも評判の仲良し夫婦ですわ」

クロエ様が心配そうに言いました。

「ええ、もちろんです。あの頃は年が十も離れているのもあって、ウィリアム様のことがちょっと怖かったのです。背も高くて体も大きいですしね……でも、今は可愛らしいところもある優しい旦那様と知って、大好きなのですよ」

「あら、急な惚気」

ルネ様に指摘されて、頬が熱くなります。私は手で顔を扇ぎながら「お話を戻しますけれど」と慌てて続けます。

「先日、ウィリアム様にお辛いことがあって、部屋にこもってしまわれた時、私は中に入れてもらえなかったのです。その時、私たちの心の間にカーテンが引かれました。壁と違って、持ち上げて下をくぐることも、いっそ鋏で切ることもできるでしょうに、私は、ウィリアム様がそのカーテンを開くことを望んでいないと知って、何もできないままでいるのです。……ウィリアム様はもともと戦争に関することは私だけでなく、使用人の皆さんにさえも話したがりません。でもそのお辛いことは、戦争が関係していて、だから私はウィリアム様が近づくことを望んでいないと知ったのです」

「なるほど……壁より攻略がたやすいはずのカーテン、ということですね」

「ええ。……ご存じの通り騎士団は今大変で……会うことも叶わないので、余計に何もできなくて、どうしたらいいか……」

「待っていればいいんじゃないかしら」

ルネ様の言葉に、ぱちり、ぱちりと瞬きをします。

「壁は越えなければならないものですわ。でも……カーテンなら、開くのを待つのもまた愛情と信頼なんじゃないかしら、と私は思うのです」

「開けずに、待つ……」

考えもしなかった発想に目から鱗が落ちました。ルネ様は「ええ」と頷いて微笑みます。

「誰にだって考えをまとめたり、ひとりになりたい時はありますでしょう？　もどかしいですし、心配でしょうけれど……待っていてくれる人がいるというだけで、人は強くなれるものです」

　ルネ様の言葉に私はそっと鳩尾に触れました。

　誰にも、それこそエルサにもなかなか話せなかったこの傷跡の話を、ウィリアム様はずっと私の心の準備ができるまで待っていてくれました。

「旦那様って時々、妻を見誤っているのです。騎士様の妻は特に、待っているだけのことが多いでしょう？　それを辛いと思っているのです。もちろん、寂しいし、仕事が仕事ですから心配ですわ。でも、それ以上に私が夫を誇らしく思っていることや、そんな夫を待ち続けられることが私の自慢であることを、彼は知らないんですわ」

「ルネ様……」

「女のほうが強い部分もあるんですのよ」

　そう言って、ルネ様はウィンクをしました。

「……ありがとうございます。そうですね……ウィリアム様も私が悩んでいる時、私が話せるようになるのをいつも待っていてくれるのです。そのことをうっかり忘れていました。……以前、私が待っているから、何が何でも生きて帰ろうと思う、と言って下さったのです。もうずっと前から、ウィリアム様は私に『待つ』という大事な役目を与えて下さっていたのに。焦るあまりに大事なことを見落としてしまっていましたわ」

「思い出せたのならば大丈夫ですわ。それに侯爵様は立場のある方ですものね……侯爵様がいて下さるだけで、私たち国民は安心して暮らせるのです。でも、その重圧はいかばかりのものかしら。侯爵様は本当にお強い方ですわ」

ルネ様がしみじみと言いました。クロエ様も、うんうん、と頷いています。

「クロエ様、お手紙は直接は無理かもしれませんが、必ずウィリアム様にお届けしますね」

「ええ……お願いします。もしかしたら、今の騎士団に必要なことが、書いてあるかもしれませんから」

そう言ってクロエ様は、真っ直ぐに私を見つめました。

私はその時、この手紙がただの社交のお誘いではないと、不思議と気付いたのです。

私は手紙をハンカチで包んで、ドレスのポケットにしまいました。

「ねえ、お話も一段落しましたし、お腹もいっぱいですわ。よければ、手芸屋さんに行きませんか？　リリアーナ様、おすすめのお店はあります？」

「一緒に手芸屋さんだなんて、素敵です。是非、おすすめしたいお店が近くにあります。いつも私はそこで刺繍糸を揃えているのですよ」

「それは興味深いですわ。クロエ、貴女も一緒に行くのですよ。苦手だからと言って逃がしはしませんから」

　クロエ様が「うっ」と言葉を詰まらせました。

　どうやらクロエ様は手芸が苦手なようです。でも、本当は旦那様にハンカチに刺繍をして贈りたいのだと、ぼそぼそと教えてくれました。

「でしたら、今日、手芸屋さんで材料を揃えて、後日、うちにいらして下さいませ。いくらでもお教えします。お友だちですもの」

「それはとっても素敵だわ。クロエ、頑張りましょうね。王都で評判のリリアーナ様の刺繍を間近で見られるなんて、またとない貴重な機会よ！」

「もう、ルネったら……でも、よろしくお願いしますね、リリアーナ様」

「ええ。もちろんです」

　私たちは話がまとまったので、席を立ちます。ケーキも紅茶もとても美味しかったです。

　レベッカさんも満足そうでした。

　私たちは個室を出て、エルサたちと合流し、出入り口へ向かいます。

　侍女たちが馬車を確かめに行き、私たちはお店の中で少し待たせてもらいます。すると
カランカランとドアベルの鳴る音がして、そちらから見知った顔が入ってきました。

「あ、リリアーナ様」

「あら、アルマス様、ごきげんよう」

　私が挨拶をするとアルマス様は照れくさそうに「ごきげんよう」と挨拶を返してくれま

した。アルマス様の肩には雪が微かに積もっています。

彼はウィリアム様のお友だちのお医者様だとルネ様たちに紹介しました。

「こんなところで奇遇ですね」

「実は、侯爵家の孤児院の子どもたちにお土産をと思いまして」

「まあ、あの子たちに？」

「ええ。俺は孤児院で育ったのですが、あそこは雰囲気がよく似ていて、それで時折、遊びに行かせてもらってるんです。あ、侯爵家に許可はちゃんと取っていますよ」

「アルマス様が子どもたちに悪いことはしないと信じておりますから大丈夫です。あの子たちは、特にチョコレートのお菓子が好きですよ」

「本当ですか？　良かった。注文しておいたのは、チョコのお菓子なのです」

アルマス様はほっとしたように笑いました。

アルマス様が頼んだお菓子の用意が整うのと、エルサが戻るのは同時でした。私はアルマス様に挨拶をして、外へと足を向けます。

「お医者様、何か落ちましてよ」

私とルネ様の後ろを歩いていたクロエ様が足を止めて、声を掛けました。どうやらアルマス様が、何かを落としてしまったようです。

クロエ様の後ろにいたレベッカさんが、かがんで拾い上げ、アルマス様に渡します。

「ああ、すみません。すごく大事なものなんです。財布の横ポケットに入れていたのに、なんで……ああ、穴が開いてる。本当にすみません、ありがとうございます」

アルマス様が慌てて何度も頭を下げて、お礼と謝罪を口にします。

「大事なものを失くさずにすんで良かったですわ。では、失礼」

クロエ様は鷹揚に微笑んで、私たちのもとへやって来ます。

「クロエ様、ありがとうございます」

「リリアーナ様にお礼を言われるようなことじゃ……いえ、旦那様の大事なお友だちですものね。どういたしまして、と言っておきますわ」

「はい」

私が笑うとクロエ様も笑って下さいました。

「奥様ー、いつもの手芸屋さんなら、隣の画材屋さんに行ってもいいですかー？」

レベッカさんが目をきらきらさせてお願いしてきます。

「ええ、もちろんですよ」

「やったぁ。ありがとうございまーす」

無邪気に喜ぶレベッカさんに私たちはくすくすと笑いながら（エルサは頬を引き攣らせていましたが）、それぞれ馬車に乗り込んで、手芸屋さんへと向かったのでした。

「今年は、本当によく降るな」

飽きることなく降り続けている雪にいっそのこと感心してしまう。

私――ウィリアムは、フレデリックと共に久々に町へ警邏に出ていた。事務官たちは危険では、と少々難色を示したが無理を言って出て来てしまった。

とはいっても有事の際にはすぐに戻れるように愛馬に跨っている。

会議や会食以外で、外に出たのがそもそも久しぶりだった。あの夜会の日以来だ。

「本日、奥様は大通りのカフェ・トレゾールでご友人たちとお過ごしになられているはずですがいかがいたしますか。といっても予定の時間より大分経っているので、解散しているかもしれませんが」

フレデリックが言った。

「いや、今日はよしておこう。邪魔をするのも悪いし、それにその、まだ気まずいし」

「でしたら出歩かなければいいのに、本当にヘタレなんだから……」

「……いいじゃないか、ちょっとくらい」

ぼそりと呟かれた一言に彼を睨むが、フレデリックは「寒いですねと申し上げたんです」と白々しい嘘を返してきた。

「ったくお前は……だが、そうだな。私も少し癒しが欲しい。孤児院でも覗くか。子どもたちの笑顔を見れば元気が出る」

「それは、まあ、かまいませんが」

「決まりだ。さっさと行くぞ」

目的地が決まると愛馬の足取りも軽くなる。

パッカパッカと蹄の鳴る音を聞きながら、孤児院へ向かう。雪のせいで、大通りを一本外れると人通りがぐんと減る。

子どもたちは、こんな雪の日は何をしているだろう、と考える。

丁度、外で院長のハリソンが職員と一緒に雪かきをしていた。

「おや、侯爵様。どうなさいました？」

「仕事の息抜きに、子どもたちの顔が見たくてな。かまわないか？」

「ええ、もちろんでございます。とはいっても、子どもたちは今、勉強中でして」

「ああ、そうか。今の時間はまだ学校に行っている時間か。だめだな。仕事部屋にこもりすぎて日付の感覚がおかしくなってしまっているようだ」

私は少しの落胆を感じながら苦笑を零す。

「いえ、この雪で学校はお休みでして、先日、ご紹介いただいたアルマス先生が子どもたちに勉強を教えて下さっているんですよ」

「アルマスが？」

予想外の名前が出てきたことに驚く。

「はい。ここへ来ることは侯爵家に許可を貰っているとおっしゃっていましたが……」

「そういえば、そういうものにサインした記憶があるな……」

フレデリックが「確かにしておりましたよ」と冷静に告げる。

本当に忙しすぎて、気を抜いていい書類には大分、気を抜いてしまっているようだ。

「あ、侯爵様だー！」

家の窓から子どもたちが口々に「侯爵様」と私を呼んで手を振っている。

子どもたちの後ろにアルマスがいて、驚いた顔をした後、笑って手を振ってくれた。

「勉強はいいのかー？」

「もうおやつの時間だよ！　アルマス先生がおやつを買って来てくれたんだ！」

「あれ？　もうそんな時間か。侯爵様もよろしければご一緒にいかがです？」

「なら、少しお邪魔させてもらうよ」

ハリソンの言葉に甘えて、私たちは馬を屋根の下に繋いで、中へと入る。食堂へ案内されて、子どもたちに紛れて賑やかなお茶の時間を過ごした。

だが、私の仕事は私の心にちっとも優しくないので、おやつもそこそこに席を立つ。

「侯爵様、もう帰っちゃうの？」

「すまないな。仕事が私を待っているんだ。また来るよ」

惜しんでくれる子どもたちの頭を撫でて食堂を後にする。

「ウィル！」

呼び止められて振り返れば、アルマスが出てきた。

「この間と逆だけど、俺にも見送りをさせてくれ」

「ああ。ありがとう」

笑って返し、アルマスと並んで歩き出す。フレデリックは、馬の準備をしに先に行く。

「ここへは、よく来ているのか？　子どもたちが随分と懐いているじゃないか」

「うん。休みの日だけだけど。ここは、俺の育った孤児院に似ているから、なんだろうな、実家みたいで安心するんだ」

「そうか。なら好きなだけ来てくれ。私もなかなか来られなくて心苦しかったんだ」

「ふふっ、ありがとう」

アルマスはそう言ってくすぐったそうに笑った。

ほんの一週間前、聴取に来ていたアルマスと話をした。だがあの時より、いくらか彼は疲れているように見えた。大丈夫か、と聞こうとして口を開いたが、それより早くアルマスが喋る。

「……これは、余計なお世話かもしれないんだけど、ウィル、もしかして奥さんと喧嘩中？」

何もないところでコケそうになったが、騎士の意地でなんとか立て直す。

「どうして？」

アルマスは苦笑交じりに私に顔を向ける。

「なんかさ、すごーく仲が良くて、人目も憚らずイチャイチャしてるって、ここの子たちにも町の人とか患者さんたちからも聞いていたのに、なんかちょっとぎくしゃくしてるなって、思ってさ」

町でイチャイチャしているのを、割と町の人々は見ているんだな、と少しだけ反省する。

「少しだけ、色々あってな。それにあの夜会の日……私の傍にいたリリアーナは、あやうく危険な目に遭うところだった。知っていると思うが、騎士団内は今安全とは言い難い。彼女は私の首を取るにあたって、一番、事を有利に進められる、私の弱点だからな」

アルマスは、神妙な顔で私の話に耳を傾けていた。

「それでも……」

足を止めたアルマスに二歩遅れて私も足を止め、振り返る。

アルマスは、寂しそうに笑っていた。

「それでも、傍にいられるなら、いたほうがいい。遠く離れていては、連れ去られたって何もしてやれないよ。傍にいれば、護ることはもちろんだけど、………一緒に死ぬことだって、できたのにね」

それが彼の——弟を探すアルマスの言葉だと胸に突き刺さる。

何も言えない私にアルマスは、微かに眉を下げた。

「あの子が、行方不明になってもう十一年だ。正直、諦めてしまおうと思ったことだって何度もあるよ。……きっと、どこかで幸せに生きている。そう願おうとした。でも……できなかった。死んでいるかもしれない、まだ誰かに苦しめられているのかもしれない、そう思うと、頭を掻きむしって、叫びたくなるほど不安になった。でも……それでも、俺にとって、あの子は……イーロは唯一の家族なんだ」

そう言って、アルマスは私をじっと見据える。

「ウィリアム。君は、護ることに秀でた男だ。あの夜会の日だって、リリアーナ様を護れたじゃないか。……だから、俺は……」

そこで言葉を切って、アルマスはなんだか苦しそうに俯いた。

「アルマス？　大丈夫か……？　先ほどから思ってるんだが、少し疲れているんじゃ……」

「俺はさ、ウィリアム」

アルマスが近づいて来て、私の手を取り、祈るように自身の額にくっつけた。

「……信じたいよ」

絞り出すようにアルマスが告げる。

「君は、奪う側の人間じゃない。騎士に相応しい護る側の人間だって……俺は、信じたい」

アルマスの水色の双眸が縋るように私を見上げる。

「何か、あったのか……？」

心配になって問うとアルマスは、私の手を放す。

「言っただろ？　俺だって不安に駆られる時があるんだ。……一度、ほんのちょっとでもいいからさ、奥様に顔を見せてやりなよ。後悔はね、いつだって俺たちの隣にいるんだ」

「……分かった。そうするよ」

「素直でよろしい。ねえ、ウィリアム、俺の故国ではねぎらう時に男も女も関係なく、抱き締めるんだ。やってもいいか？　英雄殿を労わせてくれ」

思わぬ提案だったが、相手はアルマスだ。私は、苦笑一つで受け入れる。

「しょうがないな、特別だぞ」

腕を広げるとアルマスが、私の胸に飛び込できて、背中をばしばしと叩いた。

「頑張れよ、わが友！　君に太陽の光が届きますように！」

「あ、ああ、ありがとう」

存外、強い力で叩かれて私は目を白黒させる。そんな私を笑ってアルマスは離れて行く。

「フレデリックが待ってるよ。早くしないと怒られるんじゃないか……ほら、怒ってる」

そう言って、アルマスが玄関のドアを開けた。

彼の言葉通り、眉間に皺を一本寄せてフレデリックが立っていた。私はそそくさと外へ出て愛馬の綱を貰う。

「では、アルマス。また……事態が落ち着いたら酒でも飲もう」

「マリオも誘ってよ、アルフ様は難しいかもだけどね」

「呼ばなくてもあいつはそういうのを嗅ぎつけて、勝手に来るから大丈夫だ」

軽く口を交わし合い、私たちは馬を連れて孤児院を後にする。

「ウィル、頑張れよー！」

「ああ、ありがとう！」

その声援に応えるように私は馬へと跨った。

フレデリックに、一瞬でいいからリリアーナに会いたい、と言うと彼は、懐中時計を取り出して十秒ほど思案した後「三分だけですよ。それ以上は、貴方の首が貴方の勝手で自動的に絞められます」と言った。

「充分だ。ありがとう……ところでリリアーナは、もう家に帰っただろうか」

「エルサがそこまで長時間の外出は許可しないでしょう。あとは貴方の運によります」

フレデリックの言葉に私は、少々自信がなくなるが、運を信じて我が家へと愛馬を走らせるため、手綱を強く握り直したのだった。

「ウ、ウィリアム様？」

女神様は私を見放さずにいてくれたようだった。

家に着くと、リリアーナも丁度、外出から帰ったようでエントランスで出迎えられていた。彼女の馬車が退いたポーチに馬を入れる。愛馬から降り、彼女のもとへ行く。

抱き締めたいが、コートが雪で濡れているので諦める。

「三分だけ、顔を見に来たんだ。なかなか帰って来られなくて、すまない」

「いえ、それより雪が……」

リリアーナが手袋をはめたままの手で私の肩や帽子の雪を払ってくれる。セドリックとヒューゴも近寄って来て、雪を払ってくれた。

「変わりはないか。体調を崩したりはしていないか？」

「はい。皆、元気に過ごしております」

「お兄様、オレたちかまくらを作ったんだ。絶対に見に来てね」

かまくらが何かは分からないが、ヒューゴが楽しそうに言うので私は「ああ」と頷く。

「エルサ、アリアナ、ちょっといいですか……このコートを脱ぎたいのです。ウィリアム様にお渡しするものがあって……」

　リリアーナが急に焦り出し、私と弟たちは「どうした」と声を掛ける。リリアーナは、厳重に着せられているコートを脱ぎ、手袋を外すとドレスのポケットからハンカチに包まれた何かを取り出した。

　ハンカチの中から出てきたのは、なんの変哲もない一通の手紙だった。

「今日はルネ様とクロエ様とお会いしたのですが、クロエ様の旦那様からのウィリアム様への社交のお誘いだそうです。できるだけ早く中身を確認して返事をとのことでした」

　リリアーナは賢い女性だ。それはクロエ夫人も同じ。これがただの社交の誘いではないことを彼女も察しているのだろう。何せ今の私が社交を暢気にしている余裕がないのを、優秀な貿易商である若夫婦が知らないはずがない。

　アーサーが差し出してくれたペーパーナイフで封を切り、中身を確認する。

「…………なんと」

「ウィリアム様？」

　心配そうに私を呼ぶリリアーナに、顔を上げて微笑みかける。リリアーナがほっとしたように表情を緩めた。

「クロエ夫人と夫君はどちらに滞在か知っているかい？」

「ホテル・グランボヌールと伺っております」

「ありがとう、リリアーナ。また暫く帰れないだろうが、家のことを頼むよ。ヒューゴとセディもリリアーナと家のことを頼む」

三人が揃って「はい」と返事をしてくれる。私は手紙を封筒に戻して、コートの前を開けて内ポケットにしまう。

じっと見つめる星色の瞳に気付いて、かがみ込むとリリアーナが見送りのキスを送ってくれた。

「……唇じゃない」

「こ、この間は特別です……っ」

リリアーナが顔を赤くする。彼女のこの可愛い顔を見るのも久しぶりで、うっかりした私は、弟たちの前で禁止されている唇へのキスを、うっかり贈ってしまう。

「ウィ、ウィリアム様！」

真っ赤になったリリアーナの頬に念を押すようにキスをする。

「これで頑張れる。行ってくるよ、必ず君のもとに帰って来るから」

そう告げた私にリリアーナは、赤い顔のまま嬉しそうに笑ってくれた。その笑顔に背中を押され、私たちは我が家を後にする。

騎士団に着き、事務官に大至急、動ける者を集めるように命令する。

フレデリックに手紙を出してからコートを渡して、自分のデスクへ行く。相変わらず山

積みの書類を横目に、今、マリオがどこにいるかと思案を巡らせる。彼の助けが必要だ。

「……フレデリック、マリオを探してきてほしいんだが。それか諜報部の誰かを」

「かしこまりました。……おや」

私のコートの外側のポケットを確認していたフレデリックが手を止める。白い手袋をつけた彼の指に挟まれて出てきたのは、小さく折りたたまれた紙だった。

「なんだそれ」

「旦那様のコートでしょう」

そう言って、フレデリックが私にそれを差し出す。訝しみながら開いていくと、紙は思ったより大きかった。

お世辞にも綺麗とは言い難い、下手くそなクレアシオン語で何かが書かれている。

私はそれを読み進めていく内に、自分の顔から血の気が引いていくのを感じた。

「旦那様？」

フレデリックがコートを腕に掛けたまま、近寄って来る。

「……大至急、アルフォンスだけでも呼んで来てくれ」

「その紙は何なんです？」

「これは、アルマスからの——タース医院を摘発するための密告状だ」

カシムがフォルティス皇国の諜報員であること、医院長のムサ医師は工作員であること、今回の騎士の裏切りに関係がありそうな彼が見聞きした事柄（ことがら）などが事細かに書かれていた。

私の言葉にフレデリックが息を呑んだ。「早急（さっきゅう）に」と告げると師団長室を出て行った。

だから、彼はあの時、少し様子がおかしかったのだと理由を知る。

私はその背を見送って、アルマスの勇気を絶対に無駄（むだ）にするまいと頭の中でこれからの予定を組み立てるのだった。

幕間二　運命のささやき

孤児院で警邏がてらやって来たウィリアムに偶然、会った日。

俺――アルマスは、俺の知る限りの情報を書いておいた紙を適当な理由をつけて抱き締めたウィリアムのコートのポケットに入れることに成功した。

いつもなら勉強を教えた日は孤児院で夕食を食べていくのだが、今回は子どもたちに何かあってはウィリアムにも、信じていると言ってくれたリリアーナ様にも顔向けができないので、あの後用事があると言って早々に孤児院を離れた。

俺は様々な国を渡り歩く旅の過程で、孤児院や養護院を目にする機会も多かった。

ここの孤児院は、その中でもかなり恵まれた部類に入るだろう。子どもたちは、誰一人やせ細っておらず、身なりも清潔感がある。侯爵夫人手ずから刺したという刺繡入りの小物や服を必ず身に着けていて、職員だけでなく町の人にも温かく見守られている。

クレアシオン王国は、とても良い国だ。

国民が生き生きしていて、治安も驚くほどいい。王家への信頼も厚く、大きな派閥争いもないのは、王太子が優秀だからだろう。

たくさんの国々を弟を探しながら回ったからこそ分かる。この国がどれほど豊かで、どれほど平和であるか。

そこには騎士団の尽力もあるのだろうが、英雄であるウィリアムの存在が大きいだろう。国を守ってくれる彼がいるだけで、国民は安心して暮らせる。

ウィリアムとは戦場で出会った。

上司の嫌がらせで物資が届かず、多くの負傷兵を抱えていた彼は、身元も知れないただの平民である俺に頭を下げて、部下の治療を頼んできた。

俺は、ウィリアムの人柄を気に入って、その戦場がクレアシオン王国軍によって鎮圧されるまでの三カ月を共に過ごした。

そして、時を経て再会しても彼の本質は何も変わっていなかった。いや、昔よりもずっと精悍な顔つきになったし、芯のある強さを手に入れてはいたが、根本的な部分は変わっていなかった。

「ああ、帰ったのか、おかえり」

タース医院へ戻るとカシムが迎え入れてくれた。

「復讐の決心はついたか？」

ニヤニヤと下卑た笑みを浮かべて、カシムが俺を見ている。

「ウィリアムが、俺の弟を殺すわけがない。彼は、子どもに剣を向けるような人じゃない。

それがたとえ、敵であったとしても。弟は、イーロは必ずどこかで生きている」

ウィリアムは、俺の渡したものに気付いてくれただろうか。

「ふーん、まだ言ってやがんだ、そんな甘っちょろいこと。俺たちの言葉も信じねえけど、英雄が潔白だと証明もできてないじゃん。英雄ってのはさ、人殺しだよ。人を殺さなきゃ、英雄なんて呼ばれやしねえの。戦に勝ったら英雄、負けたら人殺し。それだけさ」

旅をする俺を見つけ出し、俺の弟がクレアシオン王国にいるかもしれないという話を持って来たのがカシムだった。

何も知らなかった俺は純粋にこの国へ来て、弟かもしれないという人物に会ったが人違いだった。その後だ。カシムが俺の弟は戦時中、ウィリアムに殺されたと言い出したのは。

フォルティス皇国は自国を敗戦に追いやった最大の要因であるウィリアムを今も尚、恨み、憎み、なんとか彼を殺して、この豊かな国を奪おうとしているのだ。

タース医院は、クレアシオン王国の内情を探るためのフォルティス皇国の諜報員の拠点であり、ここで得られた情報や資金は全てフォルティス皇国に流れている。

この情報は、そうしてウィリアムを探る中で得たのだとカシムは言った。

半信半疑だった。だって、俺の知るウィリアムは、心優しく誇り高い騎士だ。当時、まだ十代前半だったであろう弟を剣にかけることはないはずだ。

だが、俺も疲れていた。この十一年、弟を探し続けて、希望と絶望を交互に味わってきた。だから、ほんの少しだけ疑ってしまった。

もしかしたら、こいつらの言うことが本当なんじゃないかって。

懐かしい友との再会を喜びながら、俺の中にはその小さな猜疑心があった。

ウィリアムが弟を殺していないという確証は得られなかったけれど、それでも、彼と話していく内に俺はウィリアムを信じる決意をした。

そして、俺は友のためにカシムたちを告発することを選んだ。

「俺は予定通り春になったら、ここを出る。だからこれ以上、俺にかまうな」

下手に今すぐ行動に出れば、逆に怪しまれる。

何でもない風を装って、平静を保て。ウィリアムは、絶対にこいつらの尻尾を掴んで、牢屋に放り込んでくれる。

自分にそう言い聞かせ「ムサ医院長に挨拶して帰る」と告げ、カシムに背を向けた。

「……クレアシオン王国、南東の国境付近。今から九年前の冬」

カシムの独り言に足が勝手に止まる。

「雪が吹き荒れる中を行軍中、奴隷商に打ち捨てられた飢えた少年が騎士を襲うも、返り討ちに遭い絶命。少年は小さなナイフをただ一つ、持っていただけだった」

「……何が言いたい」

「だから何度も言ってるだろ。これがお前の弟のイーロとウィリアムの物語だって。違うってんなら、確かめてみりゃーいいじゃん。ま、お偉い侯爵様が、何百と奪った命の一つを覚えてるかどうかは、分かんねえけど？」

嫌な笑みを浮かべるカシムに俺は何も返さず、止まっていた足を再び動かす。

ウィリアムは、変わってなどいなかった。見知らぬ平民に部下のために頭を下げた時の、誇り高く優しい彼のままだった。

だから、俺は彼を信じようと、信じ抜こうと決めたのだ。彼の隣にいた美しい妻も、彼に相応しい優しく気高い人だった。あの優しい人が傍にいる彼は、信じるに値する人だ。

違う。違うはずだ、と何度もそう言い聞かせている自分に気付かないふりをして、俺は医院長に挨拶をして自分の部屋へと帰ったのだった。

この五日後、タース医院に騎士が踏み込み、カシム及び他の諜報員は捕縛され、無実の留学生は保護された。彼らはタース医院を真っ当なものに見せるために利用されていたのだ。ムサ医院長は逃げ出したが、捕まるのは時間の問題だろう。

そして俺は、保護された施設で、ウィリアムを信じ抜けた自分に安堵していた。

彼は俺を信じてくれた。それが、とても嬉しかった。

——だが、運命とはいつだって奇抜で残酷だ。

俺の世話を担当してくれたのは、かつてウィリアムのもとにいた元騎士で、戦場で庇ってくれたウィリアムに恩返しがしたいという忠義に厚い人だった。

カシムのうすら寒い言葉より、彼の言葉は俺の心を烈しく揺さぶった。

彼は、言った。

『──忘れもしません。九年前の真冬です。ウィリアム様の頼みで雪の中、俺たちは子どもの墓を作りました。黒髪の小柄な男の子の、お墓でした』

心臓が耳元に移動して来たのかと思うほど、逸る鼓動がうるさかった。

俺は、信じるものを間違えたのだろうか。いや、そんなはずはない。

だって、ウィリアムは変わらないままだった。

だんだんと足元が崩れていくような錯覚に陥る。その恐怖に喉が引きつった。

「ちがう、ぜったいに、ちがう……ウィリアムじゃない」

彼は、墓を作ったという話しかしていない。

だから、ウィリアムに直接聞けばいい。絶対に違うということを、俺は間違っていなかったということを証明するために、彼に話を聞こう。

でも、もし、もしも俺が間違っていたなら、俺の手で必ず、イーロの仇を取る。他の奴に邪魔なんてさせない。介入だってさせない。それが友へのせめてもの手向けだ。

俺は、震える手を握り締めながら、そう誓った。

第五章　雪に埋もれる

「……書類がなくならん」

「…………僕の知らない間に、書類って勝手に分裂するようになった？」

私——ウィリアムとアルフォンスの嘆きが、書類の山が築き上げた僅かな隙間から師団長室に零れ落ちる。

師団長室に副師団長であるアルフォンスもデスクを持ち込んで、私たちは今回の襲撃事件を発端とした騎士団を揺るがす裏切り者の事件の後処理をしていた。

お互いの事務官に「師団長、副師団長、同じ部屋にいて下さい。探す時間も書類を運ぶ時間も惜しいです」と泣きつかれ、アルフォンスがここにデスクを持ち込んだのが三日前だ。

タース医院に踏み込み諜報員どもを捕縛したのが、その更に五日前。

この事件は、騎士団内部に潜り込まれたため、後処理が通常の五倍、いや、十倍はある気がする。

今回の事件のおかげ、と言っては変かもしれないが、内部調査を行ったおかげで事件に関係のあった裏切り者はもちろん、横領であったり、事件のもみ消しを行っていたりした不届き者も粛清されたのは、思わぬ副産物だった。

だがしかし、次から次へと届けられる報告書、調査書、稟議書、ありとあらゆる書類が私たちのもとに押し寄せている。

「……リリアーナに会いたいっ。セディを抱っこして、ヒューゴとかまくらとかいうものを見たい……っ」

家に帰れないどころか、息抜きに警邏にも行かせてもらえない。この一週間、私は騎士団から一歩も外に出ていない。

事件解決後、騎士団への家族の立ち入りのみ解禁されたため、リリアーナが二度ほど差し入れに来てくれたらしいのだが、生憎と私はその時に限って会議へ出ていたため、会えずじまいだった。会議から戻り、デスクの上に置かれた見慣れたバスケットに私が膝から崩れ落ちたのは言うまでもない。

「解決したにはしたけど……まだ不審船の件が残ってるし、油断はできないよねぇ」

アルフォンスがペンを走らせながら言った。

「……ああ。マリオたちが確認に行ってくれているが……目的が分からんのは怖いな」

私も頷く。

リリアーナの友人であるクロエ夫人の夫が、夫人とリリアーナを通して私に渡してきた社交のお誘い――もちろん建前だったが――は、不審船が港町ソレイユ近海で目撃されているという情報だった。

船舶は、規則としてどこの国や商会に所属する船であるかという証拠を帆に描くなり、印を描いた旗を揚げるなりしていなければならない。

だがその船は、どこにも所属を示すものがなく、かといって港に寄港するわけでもないらしい。時折、ふらりと消えて――おそらくどこかで食料などの物資の補給をしているのだろう――また、戻って来ては港の周辺をうろうろしているらしい。

夏に港を荒らしていた盗賊団を、町を守護する第五師団は取り逃がし、のさばらせていた。結果、町からの信頼が失せてしまっている。

とくに被害の大きかった貿易商を営むクラーニヒ伯爵たちの怒りと不信感はかなりのもので、クラーニヒ伯爵家はクロエ夫人を通して、私に直談判してきたわけだ。

現在、この不審船に関してはマリオをはじめとした諜報部の精鋭が正体を突き止めるために港町ソレイユまで出向き、第五師団を指揮して見張っている。

「今回、フォルティス皇国側としては、騎士団内で不和を起こし、内紛にでも繋げ、我が国を内側から壊そうとしたのだろう」

「でもさ、なーんか気にかかるんだよねぇ」

アルフォンスが言った。

捕まった諜報員たちは、当たり前だが依然として黙秘を続けている。少し手荒な事情聴取にもだんまりだ。ああいう奴らに洗いざらい吐かせるには、かなりの時間がかかるのを私もこれまでの経験で嫌と言うほど承知している。

「なんかさ、あいつら……まだチャンスはあるみたいな顔をしてるんだよねー」

「チャンス、か……確かにまだタース医院の医院長で、諜報員のまとめ役だったムサは逃げているし……。例えばムサが、ソレイユの不審船に逃げる可能性があるのだろうか」

「そりゃ、分かんないけど、だとしても船は今、うちの監視下だし」

「お話し中、失礼いたします。旦那様、一階の応接室でお客様がお待ちです」

書類をまた新たに運んで来たフレデリックが言った。

「リリアーナか？」

「違います」

「なんだそうか……で？　誰だ？」

あからさまにがっかりしながら、報告書に顔を戻す。これを書いた騎士も徹夜をしていたのか疲労がたまっているのか、ミミズがのたうち回ったような字で解読に時間がかかる。

「アルマス様でございます」

「アルマスが？」

今回の事件の一番の功労者と言っても過言でない友人の名に再び顔を上げる。

「ええ、今日から保護施設を出て、タース医院に戻ることにしたそうで……タース医院は閉鎖が決まりましたが、留学生もまだ残っていますし、やはり地域の多くの住民たちが利用していた医院ですから患者の転院の手続きだけでも、と。応接室、〇〇三番です」

「そうか。相変わらず真面目だな。アル、そういうわけで私は少し席を外す」

「りょうかーい。書類が君を待ち焦がれているから、できるだけ早めに帰って来てね」

「善処する」

そう返して私は脱ぎっぱなしだった上着を着て、師団長室を出る。応接室は一階なので、階段を下りて行く。すれ違う騎士たちは、皆一様に疲れを滲ませているが、この間までの肌を刺すような緊張感は大分、解消されていた。

応接室の番号を確認し、中へ入る。

アルマスがぼんやりとソファに座っていた。私に気付いて「やあ」と手と顔を上げる。

「……大丈夫か、随分やつれているみたいだが」

「やっぱり、こういうことがあるとね、流石に疲れるよ。君たちが踏み込んで来るまでは、たった数日とはいえ俺が密告者だってバレないように気も張っていたしね」

そう言ってアルマスは、力なく笑った。

アルマスとは彼が保護施設に行く時、今から約一週間前に会って以来だ。寝不足なのか、目の下に隈まである。

私は本当に大丈夫か心配しながら、彼の向かいに腰を下ろした。

「……ねえ、ウィリアム。……俺はもう少し、この国にいてもいいかな」

「君は既に潔白が証明されている。自由にしたらいい。それに私としては優秀な医者である君が、我が国に留まってくれるのは嬉しい、が……いいのか？」

私の問いにアルマスは顔を伏せた。膝に肘をつき、組んだ手をぼんやりと見つめている。

「……少しだけ、休みたいんだ。……生きていると信じているけれど、年々、希望は薄れていく。それに流石の俺も、疲れてしまった」

「アルマス……」

いつもの覇気がない彼は、今にもしおれて、枯れてしまいそうだった。

「もし、君が良ければ……タース医院を閉めた後、私の家の孤児院にでも来ないか」

「孤児院に？」

アルマスが僅かに顔を上げた。

「子どもたちは、元気な子ばかりだ。だが、子どもというのは急に熱を出したり、元気が有り余って怪我をしたりする。ハリソンから、常駐医が欲しいと相談されているんだ」

「あの孤児院で……うん、考えておくよ」

そう言ってアルマスは微かに笑った。

「ねえ、ウィリアム」

「なんだ」

「………君は、子どもが戦争に参加していたとして、その剣で斬るかい」

あまりに唐突な問いに私は面食らう。本当に今日の彼は、どうしてしまったんだろう。

だが、水色の眼差しが私を鋭いほどの光を湛えて見つめている。

「私はできる限り、斬りたくない。だが……戦時中、そういうことは幾度となくあった。保護できた子もいれば、逃げ出した子も……自害した子もいる」

これこそ一番、思い出したくない記憶だ。

「そうか。やっぱり……そういうのは、奴隷の子が多いのかな」

「多くは、そうだな。奴隷や、孤児が多かった。……私たちが初めてその存在に遭遇したのは九年前の真冬の猛吹雪の中で………襲いかかって来た者が何か分からず斬ってしまってから子どもだと気付いた」

「……そう」

「左胸に、東の地方で使われている奴隷の焼き印があった」

「……戦争は、本当に……無慈悲だね……っ」

震える声でアルマスが告げ、俯いて両手で顔を覆ってしまった。

「本当に、大丈夫か、アルマス。団の医務室で休んでいくか？」

私は席を立ち、彼の隣に移動する。

なんだか少し痩せた気もする背をとんとんと叩く。

「ありがとう。大丈夫だよ……でも少し、ここで休んでいってもいいかな」

「ああ、かまわない。帰りには馬車を用意しておくから、それに乗って帰るといい。疲れが出たんじゃないか」

「うん。そうかもしれないね……ウィルも忙しい中、ありがとう。そろそろ戻るだろう？」

「傍にいてやれなくてすまないな。何かあったら、ドアの外にいる騎士に言ってくれ」

私は名残惜しいが立ち上がる。アルマスは「大丈夫だよ」とまた笑った。

青白い顔のアルマスに見送られ、応接室を出る。丁度、時間だったのだろう私を呼びに来たフレデリックがいた。

「フレデリック、私は戻るが、アルマスに何か温かい飲み物を。疲れているようで、気分が悪いらしい。ついでに馬車の手配も頼む」

「かしこまりました。団長殿が、至急確認してほしいことがあるそうですので、団長室に立ち寄ってからお戻り下さい」

「分かった。では頼む」

フレデリックに後を任せ、私は後ろ髪を引かれながらも階段へと足をかける。

私はこの時、アルマスにもっとちゃんと寄り添うべきだったと、後に後悔することになるのを、まだ知らなかった。

「終わるの、これ」

「友よ、それは言ってはいけない約束だ」

アルマスを見送って二日が経ったが、いまだに私とアルフォンスは書類の山の中にいた。減ったような気がするしそうでもない気もする。事務官たちも既に目が死んでいる。

「でもあれだよ。休憩って大事だと思うんだよ」

徐にアルフォンスが言った。いつも爽やかな彼にしては珍しいことに、髪はぼさぼさだし、無精ひげが生えている。まあ、かくいう私や事務官やカドックでさえ同じ惨状だ。変わらないのは、私の執事だけだ。あいつだけずっと涼しい顔をしている。

「このままだと僕らは人間の尊厳を失ってしまう。休憩を入れよう。これは王太子命令だ」

そう言ってアルフォンスが立ち上がった。

「休んだほうが効率も上がる。事務官たち、よくぞ頑張ってくれた。今から日没まで仮眠室で休んでくれ。なんだったら家に帰ってもいい。家族に顔を見せておいで」

事務官たちが「うおぉぉぉ」と声を上げた。

「僕もお風呂入って、ひげ剃って、寝る！　そういうわけだ、ウィリアムもリリィちゃんを補給しておいで！」

「ありがとう、友よ！」

ちょっと疲労がたまりすぎて様子のおかしくなった私たちは、抱き合い、肩を叩き合い、我先にと師団長室を後にしたのだった。

ところが女神は二度も三度も私に微笑んではくれなかった。

リリアーナは、来客――ルネ夫人とクロエ夫人と共に手芸に勤しんでいたのだ。許可した覚えはあるが、日付は失念していた。

弟たちも今日は勉強の日で図書室にいるので、唯一出迎えてくれたアーサーが私の身なりを見て顔をしかめながら教えてくれた。これでも一応、団を出る前に顔を洗って、髭だけは綺麗に整えてきたのだ。

「ご挨拶に行かれるにしても、湯を浴びて、着替えてからにして下さい。そのお姿ではスプリングフィールド侯爵家の威信に関わります」

アーサーに釘を刺されて、私は渋々自室へ行き、湯を浴びて、髪を整える。リリアーナに一目でも会いたい一心で、どれもこれもさっさと済ませる。

フレデリックが用意しておいてくれた服に着替えて、私はサロンへ急ぐ。

「まあ、ウィリアム様！」

リリアーナが私の姿に驚き、星色の瞳を真ん丸にする。

「か、帰ってらしたのですね……どうしましょう、私ったらお出迎えもせず……」

「大丈夫だよ、リリアーナ。急に帰ることになったから先触れを出さなかったんだ。アーサーに怒られたよ」

最大限の歩幅でできるだけ優雅に近づいて、立ち上がったリリアーナの腰を抱いて、額にキスをした。リリアーナの柔らかな花の匂いを感じるだけで疲れがとれる。

気まずいとかなんとかは今はどうだっていい。ここでリリアーナを補給できなければ、私は騎士としては非常に不名誉なことに書類の山で過労死しかねない。

「ふふっ、仲がよろしくて何よりですわ」

「ええ、良かったですわね、リリアーナ様」

ルネ夫人とクロエ夫人が、くすくすと笑う。私は、失念していた二人の存在に慌てて体裁を取り繕う。

「失礼、つい疲労のあまり妻しか見えなくて。ようこそ、セレソ伯爵家ルネ夫人、クラーニヒ伯爵家クロエ夫人」

「ごきげんよう、侯爵様。お邪魔しております」

「ごきげんよう、侯爵様。リリアーナ様に刺繍を教わっているのです。折角、帰られたのですから私たちはここでお暇を……」

「いや、大丈夫だ。すまないがリリアーナと共にいてくれ。帰っては来たが、すぐに戻らなければならなくて、顔を見に来ただけなんだ。お二人がいてくれれば、リリアーナの寂しさも紛れるだろう」

「もう、戻られるのですか？」

「ヒューゴとセディの顔を見たらね」

　本当は仮眠でも取ろうと思っていたが、しょうがない。リリアーナの大事な友人との時間を奪いたくないし、そもそもいつ呼び出されるかも分からないのだ。二人が帰ってすぐ呼び戻される可能性もある。

「だから、ゆっくりしていってくれ。リリアーナ、弟たちに挨拶をしたら、せめて見送りだけ来てくれるか。フレデリックが呼びに来るから」

「もちろんです。セディたちも喜びます」

「ああ。では図書室に行ってくるよ」

　私はもう一度、リリアーナの額にキスをして、彼女たちに背を向ける。

「本当に仲がよろしいようで、何より」

「わ、わすれてくださいませ」

　リリアーナが恥ずかしそうにしているのが声から伝わって来る。

「いやですわ。ねえ、クロエ」

「ええ。良いものを見ました。夫にも教えなくちゃ」

クロエ夫人の言葉で、そういえば彼女に礼を伝えてないのを思い出して足を止めた。不審船の情報は、騎士団の混乱に伴い、第五師団で止まったままだったのだ。

「そうそう。侯爵様といえば、先日お会いした侯爵様のご友人のお医者様、随分、遠く、東のほうからいらしてるのね」

「そうなのですか？　あら？　でも隣国のご出身だったような……」

リリアーナが答える。私もすぐに引き返した。

「クロエ夫人、どういうことか詳しく聞いても？」

戻って来た私をクロエ夫人は、驚いた様子で見上げた。

「え、ええ。先日、リリアーナ様とご一緒したカフェで、帰る時にお会いしたのです」

そうなのか、とリリアーナを振り返ると「はい」と頷く。

「孤児院の子どもたちへ、お菓子を買ってくれたのです」

「ああ……あの日か」

私は孤児院で偶然、アルマスに会った日のことを思い出す。

「その時、お医者様はお財布を取り出そうとして、私の手のひらに収まるような長方形の小さな木札を落としたんですの」

「小さな、木札？」

「ええ。絵が彫られていて……私、帰った後にふと、思い出したんですの。以前、我が家との取り引きで港町にいらした方々が、同じようなものを持っていたな、と。彼らはマーピエニ共和国という、遥か東の地から来たそうです」

「……マーピエニ共和国？」

リリアーナとルネ夫人は首を傾げている。私も初めて聞く国の名前だった。

「マーピエニ共和国は、今の王都のように雪がよく降って、一年を通して曇りの日が多いので、太陽への憧れが強い国だそうです。だから、国民は小さな木札に太陽の絵を彫ったり、描いたりして、お守りとして持ち歩いているのですって。本当に遠い国の方々だから、会ったのはあれきりで、お義父様さえ初めてだって言ってらしたの」

「……クロエ夫人、その木札の絵は描けるか？」

私のお願いにクロエ夫人は、困ったように眉を下げた。

「申し訳ありません、侯爵様。お力になりたいのですが、私は絵が苦手で、そうでしたわ。木札を拾ったのは、こちらの画家のレベッカさんです。彼女なら描けるかもしれません」

「フレデリック、エルサ、すぐに準備を」

私の言葉に二人が即座に動き出す。

エルサがアリアナを連れて行き、どういうことかと思えば、寝ぼけ眼でまだ寝間着のレベッカをアリアナが担いで戻って来た。

「ど、どうしましたぁ？」

目を白黒させながら、アリアナに降ろしてもらったレベッカが言った。

フレデリックが用意した紙とペンをレベッカに渡す。

「レベッカ、先日、リリアーナとカフェに行っただろう？　その時、アルマスの落とし物の木札を拾ったそうだな。それがどういうものだったか覚えているか？　できれば、絵に描いてほしいんだが」

「ああ、お安い御用です～。奥様、ちょっとテーブルをお借りしますねぇ」

のほほんと笑ってレベッカは迷いなくペンを走らせた。

長方形の小さな木札。下に顔を出す太陽が描かれていて、その上に鳥が描かれていた。

その木札は、雪の中に埋もれていた私の記憶を呼び起こすには充分だった。

フレデリックが息を呑んだのが聞こえた。エルサが訝しむように夫の名を呼んでいる。

「……ありがとう、レベッカ」

その紙を受け取り、かろうじて礼を言う。

「だ、大丈夫ですかぁ、旦那様……顔色が青色絵具を被ったみたいになってますよ……」

レベッカが心配そうに言った。

しかし、私はそれに返す余裕の一つもなく「失礼する」と告げて、サロンを飛び出す。

二階へ駆け上がり、部屋へ飛び込み私はその場に力なく座り込んだ。

私――リリアーナは、ルネ様とクロ様に断って、急に部屋を飛び出して行ってしまったウィリアム様を追いかけました。エルサは、同じく顔を蒼くしたフレデリックさんの傍に残ってもらいました。

書斎かしら、とまずそちらへ向かって声を掛けますが、返事はありません。

ですが、この間までの私ではありません。私を避けていたはずのウィリアム様は私に会うために帰って来て下さいましたし、キスだってしてくれたのですから。

鍵がかかっていなかったので「開けますよ」と断ってドアを開け放ちました。

「……ウィリアム様？」

部屋は灯りもついておらず薄暗いです。ついて来たアリアナが部屋の中を見回して「いませんね」と首を傾げます。それから旦那様の寝室と夫婦の寝室も覗きますがウィリアム様の姿はありません。

「……まさか」

そう思って、私の部屋へ向かうと、私の部屋に入ってすぐの場所にウィリアム様が座り込んでいました。アリアナに廊下で待つように言って、中へ入ります。

私の部屋も留守にしていたので薄暗いです。

「……ウィリアム様、どうなさいました？」

私は、隣に膝をつきました。

茫然自失、というのはこういう姿のことを言うのでしょう。ウィリアム様は、血の気の失せた顔で、ただじっと手の中の、木札の絵を見つめていました。

私はその手に触れました。いつも冷たいのは、どちらかと言えば私のほうなのに、今日はウィリアム様の手が氷のように冷たくなっていました。

「リリアーナ」

名前を呼ばれて、その顔を見つめます。青い瞳に映された絵は何を意味しているのでしょう。

「……あの木札と同じものを九年前の冬、私の腕の中で息を引き取った少年が――持っていた。左胸に、奴隷の焼き印のある、少年だった」

最初は何を言われたのか分かりませんでした。ですが、その言葉を徐々に理解した私の顔からも、きっと血の気が引いていったでしょう。

九年前はまだ戦争の真っただ中だった頃。そこで、ウィリアム様の腕の中で亡くなった少年が持っていた木札。

『弟は左胸に独特な痣があるんだ』

アルマス様の言葉を思い出しました。

その痣こそが、詳しくは分かりませんが、奴隷の焼き印だったのかもしれません。こんなこと、公に誰かに言うことはできないでしょう。だからアルマス様は、痣だと言っていたのかもしれません。

「……ウィリアム様」

私はウィリアム様の背中を撫でて、もう片方の手を彼の手に重ね、寄り添うことしかできませんでした。

「………あの子は、アルマスの弟だったのかもしれない」

ただ一言、そう零すとウィリアム様が立ち上がりました。差し出された手を摑んで、私も立ち上がります。

「……リリアーナ、一度だけ抱き締めてくれ」

「何度でも」

聞いたことがないくらい頼りない声でされたお願いに、私は全力で応えました。私の腕の中で、大きな体はまるで悪夢に怯えるセドリックのように微かに震えていました。

「………行ってくる。見送りはここでいい。――アルマスに会わなければ」

最後に私をぎゅうと抱き締めて、ウィリアム様は私から離れて行きます。

「どうか、お気を付けて」

ああ、と力ない返事だけをして、ウィリアム様は踵を返します。せめて、と手のひらにキスをして、去り行く背中にそっと投げました。

パタンとドアが閉まり、ウィリアム様の背中が見えなくなって、窓辺へと急ぎます。

少しして、ウィリアム様がフレデリックさんと共に馬に跨り出かけて行きます。

私はその姿が見えなくなるまでずっと、見えなくなってもアリアナが呼びに来るまでずっと、見つめていたのでした。


昼間、ウィリアム様を見送った後、ルネ様とクロエ様は顔色の悪い私を気遣い、早々に切り上げて帰られました。

エルサに何があったか聞かれましたが、私は何も答えられませんでした。

ディナーもあまり喉を通りません。弟たちが心配そうに私を見ています。

「姉様、具合が悪いなら無理に食べないで、お部屋で休んだほうがいいよ」

「……そう、ですね。そうさせてもらおうかしら……」

セドリックの提案に私が頷くと、弟はナイフとフォークを置いて私のもとにやって来ました。「部屋まで送るよ」と小さな手が差し出されます。

お礼を言ってその手を取り、立ち上がったところでアーサーさんが顔を出しました。

「奥様、こんな時間ですが、お客様です」

「お客様？　どなたでしょう」

「アルマス様でございます」

　きっと今日の昼までなら、心から歓迎できたでしょう。ですが、ウィリアム様からもたらされた衝撃的な言葉が胸に残る今は、どういう顔をしていいかも分かりませんでした。

「……先ぶれもなく……急用でしょうか」

「奥様にお会いしたい、と。ご気分が優れないようですので、お断りをいたしましょうか」

　アーサーさんの気遣いに私は、少し考えた後、首を横に振りました。

　ウィリアム様は、アルマス様に会わなければと告げて出かけて行きました。会えたのかどうなのかは分かりませんが、どちらにしろ、可能ならばここに引き留めておいたほうがいいと思ったのです。

　それにあの真面目なアルマス様が、こんな時間になんの連絡もせず来るなんて、何か困ったことがその身に起きたのかもしれません。

「……いえ、応接間にお通しして下さい。準備をお願いします。セディ、応接間までいいかしら」

「もちろん。そうだ！　ついでにアルマス先生に診てもらおうよ」

　そう言って歩き出したセドリックと「オレも行く」と椅子から降りたヒューゴ様と共に

応接間へ向かいます。

使用人の皆さんが、急ぎ仕度をしてくれた応接間は、まだ暖炉の火を入れたばかりで冷え冷えとしていました。

エルサが膝掛けとより厚手のショールを用意してくれ、セドリックが私の隣に、その隣にヒューゴ様が座りました。

仕度がなんとか整うとアルマス様がやって来ました。

なんだか最後に会った時よりも随分とお疲れのご様子です。

私に負けないくらい、顔色が良くありません。

「……すみません、奥様。ディナーの最中だったのに」

「いえ。大丈夫です。どうぞ、おかけになって下さい」

私がソファを手で示すと、アルマス様は「失礼します」と告げてソファに腰かけました。

隣には彼の黒い鞄が置かれます。

「ウィリアムは、仕事ですか」

「ええ。お忙しいみたいで、昼に少し戻られたのですが、すぐにまた」

「……傍にいなければいけない、と俺は助言したんですがね」

やけに乾いた笑みを浮かべてアルマス様が言いました。

先日までの朗らかさのないアルマス様に弟たちも困惑しているようでした。

アルマス様は、徐にジャケットの懐に手を入れるとそれをテーブルの上にそっと、置きました。

レベッカさんが描いた通りの太陽と小鳥の描かれた小さな、小さな木札でした。

長い間、彼が大事に持ち続けていたのが丸くなった角や、薄れた彩色から見て取れます。

「これは……」

「リリアーナ様、貴方の夫はこれに見覚えがあるはずだ」

硬い声が嘲笑うように告げました。

「……貴女の夫が、俺の弟を殺したのだから」

部屋の中に衝撃が走ったのが伝わってきます。私は、言葉に詰まり、意味もなく開けた唇を噛み締めました。

「貴女と坊ちゃま方には、ウィリアムを呼び出すための人質になってもらう。あいつの弱点は貴女だ。他の何をおいたって駆け付けるだろう。……動くなっ！」

突然の鋭い声に私は思わず身を竦ませました。セドリックが私を守るように抱き着いてきます。

薄目を開け、ゆっくりと状況を確認すれば、エルサとジュリア様がアルマス様の背後にいつの間にか立っていました。

そして、アルマス様の手の中にはガラスの小瓶がありました。中で透明な液体が揺れています。

「この液体は空気に触れれば一瞬で気化し、猛毒となる。動けば、ここにいる全員が死ぬ」

「……エルサ、ジュリア様、どうか、下がって」

私はなんとか声を絞り出し、二人に命令しました。エルサとジュリア様がじりじりとゆっくり、後退していきます。

「……そうだな。あんたが家令、この家の全てを任されているんだったか」

「はい。一任されております」

紅茶のワゴンを押しながら部屋に入って来ていたアーサーさんが慎重に答えます。

「なら、あんたが呼んで来てくれ。あんたならウィリアムも信じてくれそうだ。ついでに他の使用人にこの部屋に入らないように言っておけ。それと、ウィリアムには仲間を引き連れて来ないようにとも。ここから賑やかな蹄の音が聞こえたら……分かるな。早く行け」

私をちらりと見たアーサーさんに、私は「お願いします」と目だけで伝えました。

私はともかく、弟たちを犠牲にはできません。

「かしこまりました。エルサ、ジュリア殿、頼みます」

そう告げるとアーサーさんは踵を返しました。燕尾服の裾がひらりと揺れて、ドアの向こうに消えます。

「奥様、この二人を貴女の後ろに下がらせてくれ。怖くてうっかり、手が滑りそうだ」

「エルサ、ジュリア様こちらに」

二人が渋々、私の後ろへと戻って来ました。

「さあ、どんな顔で駆け付けて来るかな」

そう言ってアルマス様は、なんだか酷く悲しげに笑ったのでした。

アルマスが、どこにもいない。

侯爵家から直接向かったタース医院は、護衛兼監視としてアルマスにつけていた騎士が薬で眠らされていて、医院はもぬけの殻になっていた。

孤児院や書店、患者の家、心当たりのある場所は全て探しているが、アルマスの痕跡が何一つ見つからない。

今日の午後三時までは、確かにタース医院にいたことが確認されているが、以降の足取りが掴めていない。

だが、問題はそれだけではない。

マリオが調査していた港町ソレイユ近海をうろつく不審船が、一昨日、接岸した。船は二名の乗組員を下ろしてすぐに沖へ戻ったそうだが、上陸した二人は、陸路で王都へ入り、真っ先にタース医院へ向かったとマリオが報告に戻ったのだ。

だが、それは奇しくも今日の夕方、私がタース医院が空っぽになっているのを確認し、騎士団へ戻った直後のことで、今も尚、そいつらは誰かを探し回っていると捜査に戻ったマリオとその部下から逐一、報告が来ている。

彼らが探しているのが密告者のアルマスなのか、あそこの医院長で諜報員のまとめ役であり逃亡中のムサなのかが分からない。アルマスは、なんらかの方法で危機の訪れを知り、逃げたのかもしれない、と考えてしまう私は、まだ彼を信じたいのだと自覚する。彼は私たちの仲間である騎士を眠らせて、姿を消したのに。

私から例の木札の話を聞いたアルフォンスは、先ほどからソファに座って押し黙ったまま、何かを考えているようだった。

「戻った！　不審船の所属が判明した！」

勢いよく部屋に飛び込んできたマリオに、私とアルフォンスは顔を上げた。

「あいつらはフォルティス皇国の諜報員どもを乗せてきたようだ。上陸した奴らが、王都で泳がしておいたフォルティス皇国の諜報員と接触した。どちらもまとめて捕まえた。そして、第五師団に不審船を拿捕するように指示を出した」

マリオの肩や頭は雪でびしょ濡れだった。フレデリックが渡したタオルでがしがしと頭を拭く。

「……ただ、あいつらが探していたのは、やはりムサじゃない。アルマスだ」

「あいつらの仲間だったたってこと？」

アルフォンスが問う。

「いや、それが分からない。アルマスは、俺たちにもだが、フォルティス側にも何も告げずにいなくなったようだ。向こうもアルマスを探しているようだった……。あいつらは、アルマスがお前を……ウィリアムを殺すための刺客だと」

マリオもまた、敵側の真意も、そして、行方をくらませているアルマスの目的も分からないが故に、混乱しているのだろう。

だが、ふと私の脳裏に一つの可能性が浮かび上がる。

「……アルマスは、フォルティス皇国に行方不明の弟を餌に利用され、弟を殺したのは私だと思わされているのかもしれない」

「どういうことだ」

マリオが頭を拭きながら眉を寄せる。

「……九年前の冬の、あの少年。あの子こそが、アルマスの弟だったかもしれないんだ」

それだけでマリオには全て伝わったようだった。愕然と彼の目が見開かれる。

「私に、復讐をしようとしている、のだろうか？」

だが、それならどうして私を殺したいという点で利害が一致するフォルティス皇国の手を借りないのかと疑念も湧く。

「ウィル、今すぐにお前は家に帰れ」

アルフォンスが立ち上がる。

「僕がアルマスの立場で親しい君を殺すなら……君の弱点であるリリアーナ夫人を使う。アルマスが侯爵家に現れる可能性は大いにある。早く行って確認を……」

「旦那様！」

聞こえるはずのない家令の声に私たちは、弾かれたように顔を上げる。

見たこともないくらいに取り乱した様子のアーサーが師団長室に飛び込んできた。この雪の中コートも羽織って来なかったのか、彼の燕尾服はびしょ濡れだった。

背筋に怖気が走る。

「アルマス様が、奥様を人質に応接間に立てこもって……！　ごほっ、ごほん！」

咳き込むアーサーの背中をフレデリックがさすり、水を差し出す。アーサーはそれを呑んで、再び口を開く。

「正体は分かりませんが、アルマス様は気化すれば猛毒となる液体を所持しており、エルサやジュリア殿も身動きが取れぬ状態です。旦那様を呼んで来いと、私は、ここに……他

の使用人には事態を伝え、待機を命じてあります」

「ウィリアム、第一部隊に連絡をとって、ただちにスプリングフィールド侯爵邸に」

「お待ち下さい、殿下……っ」

アーサーが慌ててアルフォンスを止める。

「大勢で行けば、部屋に入る前に毒を使われます。屋敷の周囲に仲間がいて、なんらかの合図を送ることになっているのかもしれません……っ」

アーサーの言葉にアルフォンスが苛立たしげに髪を掻き上げた。

「じゃあ、どうしろって言うんだ。僕はアルマスに罪を犯させるわけにはいかないんだ！」

アルフォンスの悲痛な叫びが部屋に落ちる。

「フレデリック、二頭立てで、馬車を。私と……来るなと言ってもお前たちも来るだろう。共に行こう、御者はフレデリック、カドック、君たちに頼む」

私の言葉にフレデリックがすぐに動く。アーサーが「手伝おう」と言ってその背に続く。

「アルマスは……きっと、リリアーナや弟たちを傷つけることはない」

「どうして言い切れるんだ……！」

マリオがもどかしげに言った。

「彼が私の友だからだ。……さあ、行くぞ」

それだけ告げて私は師団長室を飛び出した。

「俺はね、マーピエニ共和国ってところで生まれたんだ」

アーサーさんが出て行ってしばらくして、アルマス様が口を開きました。

「冬が長くて、夏の短い国だ。曇り空が多く、太陽は国民にとって恵みと温もり、幸福の象徴だった。だから俺たちは、自分で好きなように太陽を描いて、お守りにする」

アルマス様が顔を上げ、窓の外へ顔を向けます。

雪はやんでいるようでした。音を全て吸い込む雪のせいで、部屋の中は恐ろしいほど静かで、薪の爆ぜる音がやけに鮮明に聞こえます。

「俺が十歳の時、戦争が起きた。その混乱の最中、奴隷商に攫われた。その時、縛られて放り込まれた馬車の中にいたのが、三歳のイーロだった。そう、血は繋がっていないよ、でも、俺にとってあの子は俺と故郷を同じくした、唯一の弟なんだ」

徐にアルマス様が、シャツのボタンを引きちぎるように乱暴に服をはだけさせました。

その左胸に、赤い火傷痕がありました。何かの模様を象っているのが分かります。

「この三角形に×印はね、向こうの地域で奴隷に押される焼き印だ。何度、皮を剝いでしまおうと思ったかしれない。だがこれは、皮肉なことに俺と弟を繋ぐものでもあった」

「アルマス様……」

「奥様を……悲しませたかったわけじゃないのに、ごめんね」

アルマス様は、不意に困ったような顔をしました。

「どこへ連れて行かれようとしていたのかは分からない。それでも長いこと、俺は色んな地域で攫われたり、売られたりした子たちと一緒に運ばれて行った。そして、半年かな。それくらいが経った時、俺は弟を連れて逃げ出すことに成功して、孤児院に保護してもらえた。それが俺の第二の故郷だよ」

アルマス様は形ばかり、服を直しながら続けます。

「そこから五年くらいは幸せだったよ。俺の人生で一番、幸せだった。だが……俺が首都の大学へ進学し、卒業して戻ると孤児院はもう焼け落ちた後だった。連れ去られたのを見ている人がいて、俺はイーロを探し出す決意をして、旅に出た。医者であることを辞めなかったのは、イーロや孤児院の皆と約束したからだ」

アルマス様は、そう告げて立ち上がりました。エルサたちが警戒を強めたのは伝わってきます。

「帰って来たようだね」

窓の外、雪で埋もれた庭木の向こうに馬車が見えました。馬車はそのままポーチへと走って行きます。

アルマス様は、鞄から小ぶりのナイフを取り出しました。革のケースをソファの上に放り投げ、そのまま入り口へ向かいます。

「おい、動くなよ」

その背を追おうとしたエルサが動きを止めました。

「全員、声も出すな」

瓶をちらつかせながら、アルマス様が言いました。

バタバタといくつもの足音が近づいてきます。旦那様、とウィリアム様を呼ぶ誰かの声が聞こえました。

「……ウィリアム様」

「大丈夫、お兄様は負けない」

ヒューゴ様が、そう言い切ります。

バタン、とドアが開け放たれ、アルマス様がナイフを振りかざしました。漏れそうになった悲鳴をなんとか口を押さえて呑み込みます。

ウィリアム様は、間一髪、体をのけぞらせて避けました。ですが、僅かに頬を掠めたのか、薄く赤い血が滲んでいました。

「……やっぱり避けられたな」

そう言いながら、アルマス様は小瓶を片手に揺らしながらこちらに戻って来ます。

「アルマス」

「奥様は、そこだよ」

はっと顔を上げたウィリアム様が私たちのもとに駆け寄って来てくれました。ヒューゴ様とセドリックが飛びつき、二人を受け止めながらウィリアム様が私の隣に腰かけました。

「ヒューゴ、セディ、マリオとジュリアのところへ」

ウィリアム様に言われて、二人は一度、きつくウィリアム様に抱き着いた後、ジュリア様とウィリアム様と一緒に来ていたらしいマリオ様のもとへ行きました。

「アルマス、今ならまだ引き返せる、その毒をこちらに」

「馬鹿を言わないでくれ。俺は、弟の敵を討ちに来たんだ。……これに見覚えがあるだろう？」

アルマス様がテーブルの上の木札を指差します。

ウィリアム様の表情が強張りました。

「これはね、幼くして故郷を離れたあの子が、少しでも故郷を知れるようにと僕がお揃いでイーロに作ってあげたものなんだ。ねえ、英雄殿。……イーロを殺した時、どんな気持ちだった？　可哀想だと思った？」

アルマス様が壊れたように笑いかけました。

「アルマス」

凛(りん)とした声がアルマス様の言葉を遮(さえぎ)りました。

「アルフ様……」

入り口からアルフォンス様とカドック様が入って来ました。王太子の登場に、アルマス様も驚いているようで、僅かに身じろぎました。

「……君の弟を殺したのは、ウィリアムじゃない」

「何を今更(いまさら)。ウィリアムは、フォルティスが教えてくれた通り、九年前の冬に、少年を……この奴隷の印を持つ少年を殺したと、そう俺に言った！」

アルマス様が自分の左胸を見せました。アルフォンス様が微かに目を瞠(みは)りました。

「確かに……確かに僕らは、九年前の冬、あの日、少年を殺してしまった。だが、あの子を手にかけたのは……ウィルじゃない。――カドックだ」

眉を寄せたアルマス様が、訝しむようにアルフォンス様の隣に立つカドック様へ視線を向けました。

「あの日、僕らは猛吹雪の中、国境の駐屯(ちゅうとん)地へ向けて行軍していた。その最中、雪に隠(かく)れて少年が襲いかかって来た。……王太子であるこの私に」

アルフォンス様の声が朗々と響(ひび)き渡ります。

「私の護衛であるカドックは、即座に反応したが、雪のせいで相手が少年だと気付けなかった。……私たちが、雪の中の刺客がやせ細った少年だと気付いたのは、少年が雪の中に倒れ込んだ後だった」

ウィリアム様が私の肩を抱き寄せる手に力を込めたのが伝わってきました。

「フォルティス皇国軍の常とう手段だよ。……身寄りのない子どもを即席の刺客に仕立て上げ、子どもであることを利用して油断を誘い、相手を殺そうとするのは」

「だから、だからなんだ……！　あの子はまだ十三歳だったはずだ！」

アルマス様が声を荒らげて、テーブルを叩きました。テーブルの上に放り出されていたナイフが微かに音を立てました。

ふと、私はウィリアム様の呼吸がやけに速く浅いことに気付きました。

「ウィリアム、様？」

ずるり、とウィリアム様が倒れ込みそうになりエルサが慌てて旦那様の襟首を摑んで、テーブルに激突するのは避けられました。

「ウィリアム様……っ！」

ウィリアム様の顔は冷や汗でびっしょりと濡れていて、不規則な呼吸と共に微かに痙攣をしていました。

アルフォンス様がウィリアム様の気道を確保するように彼の頭を私の膝に乗せ、足を高くし、首筋に触れます。

「冷や汗、この呼吸……脈も不規則だ……毒か……っ！」

アルフォンス様がアルマス様を睨みつけます。

「ははっ、やっぱり効いたね。毒耐性のある奴にも効くと聞いていたんだ」

「アーサー！　モーガンを呼べ！」

アルフォンス様が叫びます。アーサーさんが急いで部屋を出て行きます。

アルマス様は、うっすらと笑ったまま、鞄からガラスの何かを取り出しました。

「解毒薬だよ」

テーブルの上に置かれたのは綺麗な蜂蜜色の液体が入った小瓶でした。

「信じられるか！　エルサ、水を持ってこい！　アリアナ、カドック、ウィリアムの体を押さえてくれ！」

アルフォンス様が怒鳴ります。

「酷いなぁ。今飲ませれば、後遺症なんて残らないよ。綺麗さっぱり解毒できる。即効性だからすぐに効く」

水色の瞳は、酷く昏く淀んでいて、なんだか泣いているように見えました。口元は笑っていて、声だって嘲りが滲んでいるのに。

私は、はっとしてアルマス様を見ます。

「……実の、お薬。……裁きの草の、実のお薬」

「……さて、どうかな。あの日だって、俺は嘘を教えていたかもしれないよ」

私の呟きに反応したアルマス様は、やっぱり泣きそうな顔をしていました。

私は、テーブルの上に置かれた小瓶に手を伸ばし、蓋を開けました。エルサが「奥様!?」と叫んだのが聞こえました。アルフォンス様の目がこれでもかと見開かれ、カドック様の手がそれを取り上げようと伸びて来ます。

私はそれより早く、薬を口に含みます。果実の甘い香りがするそれを、身をかがめて膝の上のウィリアム様の唇に自分の唇を押し当てて、流し込みました。

意識が朦朧としているからか、反射的に飲み込むのを拒否して暴れようとするウィリアム様をアリアナとアルフォンス様が押さえつけます。ごくり、と喉が動くまで、私は絶対に離すまいと口づけをやめませんでした。

「姉様、飲んだ！　義兄様、飲んだよ！」

セドリックが教えてくれて、ようやく、唇を離します。息を長く止めていたので、少し咳き込むとエルサが青い顔で「奥様」と私の頰に触れました。

「けほっ、大丈夫、むせただけです」

「なんて無茶をなさるんですかっ！」

私の口元にハンカチを当てながら、エルサが怒鳴ります。

「試してても試さなくても、嘘でも嘘じゃなくても行動に移さないとウィリアム様は、死んでしまいますもの。それにアルマス様は、嘘はおっしゃいません」

アルマス様は信じられないものを見るかのような目で、私を見ていました。

「ウィル……ウィリアム？　ウィリアム！」

アルフォンス様が叫ぶように名前を呼びます。

顔を向ければ、ウィリアム様と目が合いました。大きな手が私の頬に触れます。

「……わたしのつまは、むちゃばかりする」

徐々に血の気を取り戻す頬に私も触れて、微笑みました。

「貴方の妻ですもの」

アリアナが、エルサの用意した水をアルフォンス様に支えられて体を起こすウィリアム様に飲ませます。

「……はぁ、死ぬかと思った」

「大丈夫ですか？」

「ああ。すごい効き目だ。もう大丈夫だろう」

ウィリアム様がアルフォンス様に離れるようにと言って、私の隣に座り直しました。アルフォンス様がウィリアム様の隣に「もう……」と零しながら、座りました。

「どうして……リリアーナ様……どうして……っ」

アルマス様が、か細い声で繰り返します。

「私、こう見えて色々と人生経験が豊富なのですよ。人を見る目には自信があります。アルマス様……本当の憎しみは最期まで、絶えず燃え続けるものです。最期の息を吐き出すその瞬間までも……。でも貴方は、ずっと……ずっと、泣きそうな顔をしていました」

サンドラ様が私に向けていた憎しみほど純度が高く根深いものはないのでしょう。十六年、あの人は私を憎み続けていたのですから。

でもアルマス様は、誰かに止めてほしくて泣きそうになっている子どものような顔をしていたように私には見えたのです。

「……だって、十一年だ」

かすれた声でアルマス様が呟きました。

「十一年、ずっと、ずっと……あの子を探していたのに、九年も前に、死んで、いたなんて、そんな、そんなこと、誰が信じられるか‼」

ソファに並ぶクッションをアルマス様が床に投げつけました。

人生のほとんどをかけた時間を、信じていた願いを裏切られることは、どれほど恐ろしいことでしょうか。暗い世界にひとりで放り出されるような恐怖が彼を追い詰めているのかもしれません。

「アルマス、すまなかった……！」

「謝られたって、あの子は帰って来ない！　俺は、俺は……君を信じたかったんだ！　見知らぬ平民の俺に、部下のために頭を下げた、誇り高い君を……俺は信じたかったんだ！　なのにあの時にはもう、君は俺の弟を殺していたんだ……!!」

アルマス様の手がテーブル越しにウィリアム様の首に伸びました。

ですが、それは横から伸びてきたカドック様の手に止められて、カドック様はその手をご自身の首へと導きました。

「アルマス……イーロを殺したのはウィリアムじゃない。カドックだ。復讐する相手が違うだろう」

「アルフォンス」

ウィリアム様が首を横に振りますが、アルフォンス様はじっとアルマス様を見つめていました。

ですが、アルマス様の手はカドック様の首を絞めることはありませんでした。

「アルマス」

マリオ様がアルマス様に声を掛け、カドック様の肩に力なく置かれているアルマス様の手を下ろしました。

「カドックが斬ったのは事実だ……だが、お前の弟を看取ったのは、ウィリアムだ」

淡い水色の眼差しがゆっくりとマリオ様を捉えます。

「あのクソ寒い猛吹雪の中、ウィリアムは手当てをしようとした。だが……俺たちには必要な物資がなかった。それに素人目に見ても……致命傷だった。ウィリアムは、あの子のはだけさせた服を直して、そして、自分の上着で包んだ。寒くないように抱き締めて、寒い、痛い、怖いと泣くあの子を抱き締め続けた」

アルマス様の目から涙が溢れ出します。見ていられなくて、私は顔を伏せました。ぽたぽたと涙が手の上に落ちていきます。

「最期、なんも感じなくなって、イーロは……『ごめんなさい』と言った。ウィリアムは『カドックは無事だ。怪我一つない』と嘘を吐いた。確かにカドックは、その時の怪我で声は失ったが生きてるんだ。完全な嘘ってわけじゃないだろう？　それであの子は、安心したのか『水がのみたい』と言った。ウィリアムは、自分の水筒の水を彼に飲ませた。あの子は……嬉しそうに、『おいしい』とそう言って……それで、息を引き取った」

「アルマス。君の弟を助けてやれなくて……本当にすまなかった。でも、だからこそ、私は誓ったんだ。こんな戦争、絶対に終わらせてやると……」

ウィリアム様が立ち上がりました。つられて、私もなんとか涙を拭って顔を上げます。

アルマス様は、ただ涙を流しながら立ち尽くして、ウィリアム様を振り返りました。

「こんな優しい子が利用される戦争なんて、さっさと終わらせてやる、と私は君の弟に誓った。絶対に、もう、子どもが、こんなことをしなくていいように、兵やその家族が哀しむことのないように……無辜の命が奪われないように。そして、私は英雄になった」

青い瞳は私のよく知る真っ直ぐな強さを静かに湛えて、アルマス様を見つめていました。

「私が英雄として、この国にある限り、二度と、戦争など起こさせるものか。アルマス、私は臆病でヘタレだと皆に言われる情けない騎士だ。だから恐ろしい戦争など、大嫌いなんだ。だが、私の英雄としての名を、フォルティス皇国が、惰弱な愚か者共が恐れ続ける限り、私は剣と共にある」

「アルマス……僕は王太子だ。いずれこの国の王になる。何百、何千、何万という命が僕の肩には乗っている。だから僕は百を守るためなら、一を切り捨てなければいけない。僕がそれをためらうことは生涯ないだろう。だが、切り捨てた一を、僕は終生、忘れないと決めている。それが王となる僕の決意だ。だから僕も絶対にあの子のことは、忘れないと決めている」

アルフォンス様が告げるとアルマス様は、ずるずるとその場に座り込んでしまいました。

「……あの子は、イーロは辛かっただろうか。寒かっただろうか……怖かったろうに」

慈しむような優しさが、その悲しみに震える声に滲んでいました。

「……イーロのポケットには、このお守りと同じものが入っていたよ。……大事に、していたんだろう。布に包んであった」

ウィリアム様がそう告げ、テーブルの上にあった木札のお守りを彼の手に持たせました。

「イーロ……イーロ……俺の、俺の小さな……おとうと」

アルマス様が、お守りをゆっくりと、まるで抱き締めるかのように胸に掻き抱きます。

「うっ……ふっ……あ、ぁぁぁぁああああ!!」

慟哭を上げて、アルマス様が泣き崩れました。

ウィリアム様もマリオ様もアルフォンス様も必死に涙をこらえている様子でした。

カドック様が剣を傍らに置いて、膝をつき、手を床について深々とアルマス様に頭を下げました。

カドック様が剣を外すのを、私はこの時、初めて見ました。

アルマス様がそれに気付いて、カドック様の肩を何度も、何度も、お守りを握り締めた手で、殴りつけました。カドック様は頭を下げたまま、それを受け入れ続けます。

「アルマス先生……っ」

ヒューゴ様がアルマス様の手を止め、セドリックがその顔を覗き込みます。

「大丈夫だよ……皆、いるから。先生は、ひとりじゃないよ……」

泣きながらセドリックがアルマス様を抱き締めました。

アルマス様はびくりと体を揺らし、そして、ゆっくりとセドリックを抱き締めました。

「……イーロ、イーロ、イーロぉぉ……っ!!」

アルマス様は、セドリックに縋って声を上げて泣きました。私も涙が止まらなくて、両手で顔を覆います。

いつの間にか再び窓の外で雪がしんしんと降っていました。

悲しみを覆い隠すように、弟を喪（うしな）った兄の慟哭をそっと包み込むように、しんしんと、しんしんと、寂しそうに雪が降っていました。

終章　春を願って

「あら、雪がやみましたね。ウィリアム様、久しぶりに太陽が出ていますよ」

ソファで新聞を広げていたウィリアム様が立ち上がり、窓辺にいる私のもとにやって来ました。

「本当だ。毎日、雪かきばかりで大変だ。早く春が来るといいんだが……」

「そうですね。きっともうすぐですよ。それより今日は、よーく休んで下さいませ」

私はウィリアム様の背中を押して、ソファへと戻します。

今日は、ようやくウィリアム様の休日なのです。

事件の後処理が今回は本当に大変だったようで、昨夜は帰って来てエントランスで、私を抱き締めたかと思ったら、なんとそのまま寝落ちしてしまったのです。何でも徹夜五日目だとかなんとか。

あまりに重くて倒れそうになる私をエルサと弟たちが支えてくれて、アリアナがウィリアム様を横抱きにして部屋に連れて行ってくれました。……ウィリアム様の沽券に関わるそうなので、アーサーさんとフレデリックさんが運んだということになっているのは、我が家の秘密です。

　ウィリアム様は、エントランスで寝落ち後、昼食が終わった先ほど、ようやく目覚めたのです。夜中もぴくりとも動かずに、少々、不安になるほどよく寝ていました。よほど、お疲れだったのでしょう。

「紅茶を淹れますか？」

「それより、ここに。君とゆっくりしたいんだ」

　ウィリアム様が隣をぽんぽんと叩きました。私はワゴンへ向けた爪先をソファへと変更して、ウィリアム様の隣に腰かけます。

　ウィリアム様は、背凭れに深く身を預けて、ふーっと息を吐き出しました。

　いつも激務のウィリアム様ですが、その横顔はいつもよりずっと、お疲れが滲んでいるように見えました。

「……アルマスは」

　私はウィリアム様の手に、自分の手をそっと重ねました。

「全てを話してくれた。我々が知り得なかった隠れ家の情報も。そのおかげで逃げていたムサも逮捕できた。騎士団も裏切り者の粛清を終えて、今は大分、落ち着いた。アルマスの大きな罪は……ここに立てこもったこと。私を殺そうとしたこと……だが、私は私を殺そうとした件に関しては不問にした。それがせめてもの罪滅ぼしだ」

「立てこもりは、どれほどの罪になるのですか。お許しは、頂けませんか。……ちょっと我が家に来たことにはなりませんか？　あの脅しに使われた毒薬だって、本当はただのお水だったではありませんか」

私の言葉にウィリアム様が目だけを私に向けました。

「……それでいいのか、君は。怖い思いをしただろう？」

「少し……。でも、サンドラ様に殺されそうになった時に比べると、怖くはありませんでした。アルマス様は、私や子どもたちに対してずっと優しかったのです。セドリックや、ヒューゴ様もアルマス様をずっと心配しているのですよ」

「そうか」

「アルマス様は、モーガン先生がお忙しく、代わりに私の往診に来て下さっただけ。それではいけませんか？　アーサーさんが血相を変えて、騎士団に行くくらい私の具合が悪かったことにするのです。ウィリアム様は私に過保護ですから、一大事にアーサーさんが血相を変えて行ってもおかしくないと思うのです」

名案だと私は胸を張りました。

ウィリアム様は、ふふっと笑って「そうか」とまた一つ頷きました。

「実は……家令が呼びに来るなんて、既に君は死にかけているんじゃないかと騎士団で噂になっているので、あながち間違ってはいないないな」

「まあ」

　確かによく寝込みますけれど、まさか私が提案するよりも先にそんな噂が既に流れているなんて。どうりでやけに私を心配するお手紙とお見舞いが届くはずです。

「アルマスはタース医院で騎士を薬で眠らせてしまった。これだけは消せない罪だ。だが、フォルティス側の情報を提供してくれたことで、長くても一カ月、牢の中にいるだけで済むだろう。もしかしたらもっと早く出てこられるかもしれない」

「そう、ですか」

　私はほっと息を吐きました。良かった、と安易には言えませんが、重い刑罰にならなくて安心しました。

「リリアーナ。私はあの女性に石を投げられた日、本当に君に酷い態度をとってしまった。人殺し、と言われて否定はできない。事実、私は正義のもとに数多の命を奪った。直接、或いは、間接的に。……でもだからこそ、私は英雄になった」

　重ねた手に力を込めます。するとウィリアム様の手がひっくり返って私の手を包み込んでくれました。

　私たちの間に引かれていたカーテンを、ウィリアム様が開け放とうとしています。

　待つことも大切だとルネ様が言っていた通りです。

「あの心身を摩耗しきった戦争の後、ロクサリーヌに裏切られて、女嫌いになって、肩書ではなく私を見てほしいと嘆いていたのは、今思えば、きっと二十歳そこそこの若造だった私には、その肩書が、いや、英雄という二文字が重すぎたのだろう。だからそうやって、だだをこねていたんだな。……まあ今も君以外の積極的な女性は好きじゃないがな」

「ウィリアム様……」

「記憶喪失になって、君とやり直して、セドリックが我が家にやって来て、マリオが騎士団にちょくちょく顔を出すようになって、あの食えない公爵様が何故か我が家に部屋を持っているし、二度とこちらには来ないと思っていた両親も我が家に戻って来た。大事なものが、一つ、また一つ、と増える度に私は、強くなれた」

ウィリアム様が体を私へ向けます。

青い瞳が、迷いなく私を映し出しました。

「君がいてくれたおかげで、私は護らなければ、という意識から、護るのだという意思へ変わっていくことができた。それは私にとって、大きな変化だ」

そう言ってウィリアム様は、なんだか嬉しそうに微笑むので、つられて私も笑みを浮かべます。

「君にはいつも仕事ばかりの夫で、迷惑をかけてしまってすまないと思っ」

「ウィリアム様」

話を遮った私にウィリアム様が、目を瞬かせました。

「どうか、お仕事のことで謝らないで下さいませ」

「だが……」

「私は、貴方を待つ権利を、貴方から頂いたことをとても誇らしく思っております。もちろん、大好きなウィリアム様に会えないのは寂しいです。お怪我はしていないか、具合を悪くされていないか心配です。でも……私は、貴方の妻だから待つのは私の、騎士様の妻としての大事な務めなのです」

「君は……強いな」

ウィリアム様は、くしゃりと笑って私の肩に額をくっつけるように体を倒しました。ずしりとした重さが愛おしいです。

「……君の強みは、その許す強さ、信じる強さ、だ」

「私の強み、ですか」

「ああ。酷い夫だった私を許し、あれほど君を傷つけた継母を許し、失礼な妹のクリスティーナだって、許してくれた。クロエ夫人だって、君が許したから友人としてある」

ウィリアム様はそこで言葉を切って、私の手を握り直しました。

「クロエ夫人を通してもたらされた不審船の情報は、非常に役に立ったよ。奴らは、アルマスが私を殺すと踏んでいて、私が殺されるのと同時にこの国に攻め込むつもりだったのさ。船には、そのための人員と大量の武器がのっていた」

「……船一隻で国を侵略できるものなのですか？」

私の問いに顔を上げたウィリアム様は真剣な顔で頷きました。

「英雄である私を殺せば国民は不安になる。すると各地にいるであろう諜報員が『この国はもうだめだ』と噂を流す。各地で混乱が起これば、不要な争いも起こる。騎士団はそれに手を焼くことになり戦力を削がれる。これはほんの一例だけど、実際に戦争はね、偉い人間の首をどれだけとれるかが鍵なんだ。それに奴らは港を破壊するつもりだったんだろう。そうすれば冬の間、陸路より安全で迅速に来られる海路からの援軍は絶望的になる」

「まあ……」

あまりに恐ろしい企みに私はそれ以上の言葉が出て来ませんでした。

「だが、君とクロエ夫人たちのおかげで、難を逃れた。内部調査に伴い第五師団で情報の共有がうまくいっておらず、私たちの下に情報が届いていなかったんだ」

再びウィリアム様が私の肩に顔を伏せました。

「……本当は、憎んでしまうことのほうが、ずーっと簡単だ。だけど、君は、許すことのできる優しさと、私たちを信じる強さを兼ね備えている。今回もその強さに助けられた」

「お、おおげさです」

なんだか恥ずかしくなってきてウィリアム様の髪に鼻先を埋めました。

「アルマスも言っていたよ。あそこで君がためらいなく薬を口に含んで、私に飲ませるとは思わなかったと。アルマスは、ぎりぎりのところで無理やり、傷口に塗るか瓶を口に突っ込むかと考えていたらしい」

「……あの後、エルサにそれは怒られたのですよ。二時間もお説教されたのです」

「君が無茶をするからだろう。アルフォンスとカドックとマリオにも、アルマスにさえ、あんな無茶はしてはいけないと君に言い聞かせておけと言われた」

くくっとウィリアム様が喉を鳴らして笑った振動が伝わってきます。

「君を拒絶したあの夜、私は怖かったんだ。……あの母親が私に向ける憎しみは、この先、何年経とうが消えないだろう。だって、彼女にとって大事な、大事な我が子だったんだ。それをどういう形であれ、戦争なんて彼女ではどうしようもできないもので奪われて、どうして赦せるだろうか。彼女だけじゃない。そうして大事な人を喪った誰かが、この国にも周辺諸国にもたくさんいる。褒賞金なんかいらない。我が子を、夫を、妻を、母を、父を返せと怒鳴られた回数は数知れない。だから、私の愛する君にも、その怒りや憎しみが向けられる日が、来るかもしれないという事実に、私は今更気付いたんだ。あの日、石を投げられたのは君だったかもしれない、と」

私はウィリアム様の手をそっと解いて、その背中を抱き締めました。

「石を投げられたって、私はへこたれません。知っているでしょう。私の継母はもっと酷いことを私にしていたのですから。貴方が彼女らの憎しみを受け入れて、それでも英雄として顔を上げて生きていくのなら、妻である私は彼女たちの悲しみに寄り添います、セドリックが、アルマス様の悲しみを抱き締めていたように」

「……やっぱり、君は……私の何倍も、つよいなぁ」

微かに鼻をすする音が聞こえて来て、私は抱き締める腕に力を込めました。

「マリオ様の言っていた通り、ウィリアム様はちょっとだけ、弱虫ですね」

「……そうだなぁ。私は、弱虫かもしれない。英雄なのに、情けないな……」

「ふふっ、でもいいのですよ。私の腕の中では、いくら弱虫でも情けなくてもいいのです。特別ですよ」

「そうか、特別か」

「はい。…………ねえ、ウィリアム様。ウィリアム様が私の強さは許すことだと言うのなら。私はウィリアム様の全てを許します。……と言いたいところですが、やっぱり不調と怪我を隠すのは許しません」

「……善処、する」

歯切れの悪い返事に、困った方、と私はくすくすと笑いを零します。

「でも、それ以外は許しますから。安心して、お仕事に励んで下さいませ。ウィリアム様、

私に何も言えないことをどうか気に病まないで下さい。……私は戦争のことを無理に聞きたいわけでも、捜査の内容を知りたいわけでもないのです。ウィリアム様が悲しければこうして抱き締めて、寂しかったら隣に寄り添って、嬉しかったら一緒に笑って、辛ければ共に泣いて、そうやって生きていきたいのです」

ウィリアム様が身じろいでゆっくりと顔を上げました。

ほんの少し赤くなった彼の目じりに、柔らかくキスを落とします。

「私には国を護ることはできませんけれど……でも、国を護る貴方の心を護りたいのです。ウィリアム様がまた明日も頑張れるように、と」

「真に、この国の平和を守っているのは、君かもしれないなぁ」

そう言ってウィリアム様は、なんだか泣きそうな顔で笑って私にキスをしてくれました。

「ありがとう、リリアーナ」

「いえ……なんだか、恥ずかしくなってきてしまいました。お茶を淹れますね」

冷静になるとかなり恥ずかしいことをお伝えしてしまった気がして、私はそそくさと逃げ出します。ウィリアム様は優しいので、そっと離れてくれました。

お茶を淹れる間に、頬の熱をなんとか冷まして、彼のもとに戻ります。

「いい香りだ。しょうがかい？」

ティーカップを手に取ってウィリアム様が言いました。

「ええ。この冬のお気に入りです。アルマス様と……マリオ様とアルフォンス様とカドック様にも気に入っていただけたのですよ」

「アルマスはともかく、どうしてそこであいつらの名前が当たり前のように出て来るのかは私の精神衛生上、聞かないことにする」

　ウィリアム様が拗ねたように唇を尖らせました。私の旦那様は、ちょっとヤキモチ妬きで可愛いのです。

「……アルマスは、春になったら弟の墓参りに行きたいと言っていた。その頃には、罪も償い終えているだろうからな」

「そう、ですか。……お墓はどちらに」

「南東の国境付近の村だ。……太陽のお守りを持っていたから、春になったら花がたくさん咲くという日当たりの良い丘の上に作らせてもらった。戦後、アルフォンスの働きかけで、あそこはあの近辺で命を落とした者たちの慰霊碑として大事にされている。……かなり遠いので私は行けないが、毎年、名代を頼んで花を供えてもらっているんだ」

　そう言ってウィリアム様は、カップをテーブルの上に戻しました。

「では、いつか……私も連れて行って下さいませ」

　私は甘えるようにウィリアム様に体を寄せます。逞しい腕が肩を抱き寄せて、優しく頭を撫でてくれます。

「ああ。必ず。とはいっても私は平和を守るのに忙しいから……これもまたおじいさんとおばあさんになってからだな」

「約束がまた増えましたね」

「……ああ」

　カチコチと時計が時を刻む音が沈黙の間に落ちます。

「……あの子に——イーロにとって最良のはなむけは、戦争のない世界だろう。この平和で穏やかな日々を守るため、私はこれからも頑張るよ」

「頑張って下さいませ。でも、疲れたらこうして休んで下さいね。休まないまま、ずっとは頑張れませんから。私はここで、ウィリアム様のお帰りをお待ちしています」

「必ず、ここへ、君のもとへ、帰って来るよ」

「はい」

　窓からは、柔らかな冬の日差しが差し込んでいます。

　もうすぐ、哀しみを抱き締めて隠した雪も解けて、暖かな優しい春が訪れるでしょう。

　春の温かな日差しは私たちに穏やかな平穏を運んで来てくれるはずです。

　私はどうか、どうかそうでありますように、とただ願うのでした。

おわり

あとがき

お久しぶりです、春志乃です。

この度は『記憶喪失の侯爵様に溺愛されています　これは偽りの幸福ですか？』六巻をお手に取っていただき、心より御礼申し上げます！

今回は前回の賑やかな新婚旅行とは打って変わって、雪の降る中の、戦争と悲しみのお話でした。

ウィリアムは、クレアシオン王国の英雄です。

この英雄は戦争がなければ存在しません。

ウィリアムは、一巻からずっと戦争について、リリアーナに詳細を語ることはありませんでした。

今回、そんなウィリアム・ルーサーフォードという騎士のこれまでの人生の重要な部分に、リリアーナも、読者の皆様も初めて触れることになります。

それは、ウィリアムの心の中にあってあまりに柔らかくて、繊細で、触れたら壊れてしまいそうな部分です。でも、ウィリアムの妻であり、誰より優しいリリアーナだからこそ、包み込んで掬い上げることができたのかな、と思っています。

私も心からウィリアムたちに、そして、アルマスに春の訪れを願っています。

さて、最後になりましたが本作を出版するにあたり、担当様や引き続きイラストを担当して下さった一花夜先生をはじめとして関わっていただいた全ての皆様、こうしてシリーズを追いかけ続けてお手に取って下さった皆様、ＷＥＢ掲載時から応援し続けて下さる皆様、支えてくれた家族、友人たちに心から感謝いたします。

またお会いできる日を心待ちにしております。

春志乃

■ご意見、ご感想をお寄せください。
《ファンレターの宛先》
〒102-8177 東京都千代田区富士見2-13-3
株式会社KADOKAWA ビーズログ文庫編集部
春志乃 先生・一花夜 先生

●お問い合わせ
https://www.kadokawa.co.jp/（「お問い合わせ」へお進みください）
※内容によっては、お答えできない場合があります。
※サポートは日本国内のみとさせていただきます。
※Japanese text only

記憶喪失の侯爵様に溺愛されています 6

これは偽りの幸福ですか？

春志乃

2023年2月15日 初版発行

発行者 山下直久
発行 株式会社 KADOKAWA
〒102-8177 東京都千代田区富士見 2-13-3
（ナビダイヤル）0570-002-301
デザイン 永野友紀子
印刷所 凸版印刷株式会社
製本所 凸版印刷株式会社

ISBN978-4-04-737365-5 C0193

定価はカバーに表示してあります。

◇◇◇

FLOS COMICにて
コミカライズ連載中！
記憶喪失の侯爵様に
溺愛されています
これは偽りの幸福ですか？
リリアーナ！
コミックでも
君を見ていいか
漫画 ここあ
原作／春志乃
キャラクター原案／一花 夜
ComicWalker内
フロースコミック
公式サイトはこちら